GATUNAS

AMIZADE NÃO TEM PREÇO.
O RESTO A GENTE PODE ROUBAR.

KIRSTEN SMITH

GATUNAS

AMIZADE NÃO TEM PREÇO.
O RESTO A GENTE PODE ROUBAR.

TRADUÇÃO
CLÁUDIA MELLO BELHASSOF

astral
cultural

Título original: Trinkets
Tradução para Língua Portuguesa © 2019, Cláudia Mello Belhassof
Comercialização exclusiva no Brasil e não exclusiva no restante do mundo, com exceção de Portugal, Angola e Moçambique.

Este livro foi revisado segundo o Novo Acordo Ortográfico da Língua Portuguesa.

Editora responsável Tainã Bispo
Produção editorial Aline Santos, Bárbara Gatti, Fernanda Costa, José Cleto, Luiza Marcondes e Natália Ortega
Preparação de texto Audrya Oliveira
Revisão de texto Monique D'Orazio, Maria Alice Brandão, Layane Almeida, Jammie Selli Rodrigues Maciel, Karla Huzian e Isabella Farias
Capa Agência MOV
Foto da autora Justin Bare

Dados Internacionais de Catalogação na Publicação (CIP)
Angélica Ilacqua CRB-8/7057

S646g Smith, Kirsten
Gatunas / Kirsten Smith ; tradução de Cláudia Mello Belhassof. — Bauru, SP : Astral Cultural, 2019.
272 p.

ISBN: 978-85-8246-913-2
Título original: Trinkets

1. Literatura infantojuvenil 2. Relações humanas - Ficção I. Título II. Belhassof, Cláudia Mello

19-0720
CDD 028.5

Índice para catálogo sistemático:
1. Literatura infantojuvenil 028.5

ASTRAL CULTURAL É A DIVISÃO LIVROS DO GRUPO ALTO ASTRAL.

BAURU
Rua Gustavo Maciel, 19-26
CEP 17012-110
Telefone: (14) 3235-3878
Fax: (14) 3235-3879

SÃO PAULO
Alameda Vicente Pinzon, 173
4° andar, Vila Olímpia
CEP 04547-130
Telefone: (11) 5694-4545

E-mail: contato@astralcultural.com.br

Para Hope Leon,
meu parceiro de crime.

PARTE 1

"A baixa autoestima dela é a minha sorte."

ELODIE

ESTE DEVE SER O LUGAR

As pessoas que dizem que Portland é um lugar
aonde hipsters de trinta e poucos anos vão para se aposentar
claramente nunca foram a Lake Oswego,
meu novo lar,
o subúrbio de todos os subúrbios,
uma utopia suburbana de alunos exemplares que dirigem Audis,
um lugar tão branco que chamam de “Lago Sem Negros”,
um lugar aonde os pais vão
quando não se importam que a filha
era mais feliz morando em Idaho;
um lugar para os pais irem quando
esperam que uma enxurrada constante de chuva
lave o passado como se ele nem existisse.
Tudo que eles veem é um novo emprego
e uma bela esposa nova
e um lugar

aonde enviar a filha para ser adequadamente educada
e ignorada de maneira retumbante.

VELHO E NOVO

Dos seis meses em que estou aqui,
os dois primeiros foram sem amigos
até eu conhecer Rachelle.
Ela precisava de uma melhor amiga, eu precisava de *alguém*.
A conheci quando me juntei à equipe do anuário,
que é um atalho para a amizade
se você é nova na escola.
Sou nova o suficiente para ninguém saber meu nome,
mas velha o suficiente para saber quem é cada pessoa.
Sou nova o suficiente para não entender
por que chamam Ken Headley de "Bob Esponja",
mas velha o suficiente para ter ouvido que
o sr. Hart teve de deixar a escola
porque deu em cima de Martin Pierce
no laboratório de biologia.
Sou nova o suficiente para não ter ideia
do que o Clube de Análise Interplanetária faz de verdade,
mas velha o suficiente para saber que, se existe um cara
que qualquer garota
mataria para beijar,
esse cara é Brady Finch.

ANATOMIA HUMANA

Brady está ao lado do armário dele
e, quando se estica para pegar alguma coisa,
a palavra *tendão* me vem à mente...
provavelmente porque acabamos de aprendê-la
na nossa discussão de anatomia humana em Biologia.
Vou contar ao sr. Lopez
que, se ele quiser que as pessoas
realmente gostem de anatomia humana,
ele deve mostrar um slide com o antebraço de Brady Finch
enquanto diz a palavra *tendão*
e aposto que as notas C- de todas as garotas
de repente se transformariam em B+.
Brady fecha o zíper da mochila
e bate a porta do armário
e seu tendão desce
e se enrosca no seu lugar exato no mundo:
o ombro de Tabitha Foster.

TABITHA

O QUE O ESPELHO DIZ

Eu me pergunto qual é o objetivo de ser "popular", entre aspas, já que às vezes é uma coisa altamente irritante de ser. Por exemplo, idiotas e plebeus constantemente vão até você e invadem o seu espaço com cumprimentos inúteis, pedidos de atenção e apelos de amizade. "Oi, Tabitha... Como estão as coisas?... Qual é a boa?... Adoro seus brincos..." Etc. Etc. Argh. Invasão de espaço é esgotante.

Não me entenda mal. Claro que gosto que as pessoas me conheçam e que tenha um jeito de escapar com qualquer coisa que eu queira; mas, na maior parte do tempo, gostaria de ter uma tiquinho de privacidade.

Agora, neste momento, é uma das vezes em que consigo esse tiquinho — estar no banheiro com Kayla e Taryn. Claro, elas falam de coisas ridículas; mas, pelo menos, quando estão se olhando no espelho, elas não estão prestando atenção em mim.

— Fiz uma hora e meia de cárdio ontem à noite — diz Kayla, tirando o cabelo preto comprido dos olhos. Meninas asiáticas são as mais sortudas quando se trata de cabelo. Elas mal têm pelos no corpo e têm uma cabeleira superbrilhosa e que não dá trabalho.

— Tenho quase certeza de que a Coca Zero deixa a gente constipada — diz Taryn, segurando o estômago.

Um minuto depois, Kayla solta um gritinho para uma loira animada saindo do banheiro.

— Serena Bell está tomando anticoncepcional — fofoca. — É por isso que os peitos dela estão tão enormes.

— Os meus são um dom de Deus — diz Taryn, afofando o decote generoso do top da Juicy Couture. É verdade; seu sutiã quarenta e seis é um dom, e ela o usa como se fosse mesmo.

Pela primeira vez, Kayla e Taryn não estão me enchendo com perguntas tipo "Como está o Brady?" e "O que vamos fazer hoje à noite?". Estão ocupadas reaplicando a maquiagem, se arrumando e fazendo caretas para o espelho.

Sou conhecedora secreta das Caras de Espelho. A de cada garota é diferente. A da minha mãe é um olhar sensual, os olhos meio fechados, toda sexy e misteriosa. Kayla contrai os lábios como se estivesse dando um beijo, sugando as bochechas. Taryn inclina o queixo para baixo, com um meio sorriso atrevido, de um jeito que parece uns cinco quilos mais magra. É uma pena que nenhuma delas faça isso na vida real. Isso é o ruim em uma Cara de Espelho; você a faz porque é como deseja que as outras pessoas te vejam, mas você é a única pessoa que realmente a vê.

Isso provavelmente é um tópico digno do blog LOHS, mas quem tem tempo? Só porque a srta. Hoberman me deu um A em Escrita Criativa no último semestre, não significa que eu deveria perder meu tempo blogando. Blogar é para pessoas que não têm vida social. Além disso, a srta. Hoberman dá nota A para todo mundo. Por isso me inscrevi para sua turma de Shakespeare neste semestre. A melhor coisa é que ela faz excursões em que você pode estar com as amigas sob o disfarce de atividades extracurriculares. Este ano só teremos uma viagem noturna para o Teatro Clássico do Noroeste para ver uma peça; mas, no próximo, quando formos alunos do último ano, vamos passar o fim de semana em Ashland para o Festival Shakespeare de Oregon. Tipo, um fim de semana inteiro para ficar com o seu namorado e se embebedar, e seus pais pagam a conta da coisa toda porque acham que você está "aprendendo".

Quanto ao Brady, nunca vi sua Cara de Espelho, mas sua Cara Diária é muito linda. Ele tem covinhas e cabelo loiro farto, que usa um pouco descabelado, do jeito mais adorável, e tem alguns momentos em que é verdadeiramente charmoso. Ele não acredita muito em conversas profundas, mas que cara acredita? E, sério, qual é o objetivo? É mais fácil não ter conversas profundas. Você acaba falando sem parar sobre os seus sentimentos, não os dele, e se expondo demais até finalmente chegar a um ponto de inevitável sofrimento e decepção.

Kayla termina de passar seu brilho labial rosa opalescente da Dior que aumenta os lábios. Sua boca parece ofuscantemente melada.

— Podemos ir? — pergunto. Marcia Abrahams fica me olhando, e tenho a impressão de que ela está reunindo coragem para se aproximar e perguntar o que eu vou vestir no Baile da Primavera. Ela sempre me pergunta o que vou usar, como um reloginho, onze semanas antes de um baile, e depois dá um jeito de acabar vestindo alguma coisa quase idêntica. A imitação supostamente é um elogio, mas imitadores são irritantes e devem ser ignorados sempre que você os vê planejando uma invasão de espaço.

Dito isso, uma vantagem de estar em um patamar alto da escada social dos Lakers é que você e seus colegas semelhantes têm armários próximos. Não sei como isso acontece desse jeito, mas parece que as melhores propriedades sempre pertencem a quem está no topo.

Kayla, Taryn e eu passeamos até nosso grupo de armários e encontramos Brady e seus amigos lá. Brady está pegando um suplemento vitamínico no armário. Ele é bem chegado a um "alto desempenho".

Jason Baines pergunta a ele:

— Onde você estava ontem à noite?

— É — acrescenta Noah Simos. — Você não apareceu no Ferber's.

— Sua mãe não te contou? — pergunta Brady. — Ela me fez ir até a sua casa pra poder chupar o meu pau.

Você já percebeu como os garotos adoram fazer piadas sobre transar com a mãe uns dos outros? Ou é isso ou eles discutem como o outro é gay. Se você tem um pênis, aparentemente tem um suprimento infinito desse tipo de piada sem graça.

Noah dá um soco nele, e Brady ri, pendurando o braço em mim. Sinto o cheiro da sua colônia D&G. Não é totalmente desagradável. Olho para ele, tipo: *Você é a pessoa mais charmosa que eu conheço, e seu braço ao meu redor me faz mais feliz do que qualquer coisa no mundo todo.*

— Que horas devo te pegar hoje à noite? — pergunta ele, me beijando.

— Lá pelas nove? — respondo. Ele pode ser meio babaca, mas tem belos lábios. E um metro e oitenta e nove, o que é bom, já que sou uns dois centímetros mais alta do que a maioria das garotas da minha turma. Às vezes, as pessoas me perguntam se já modelei. Minha mãe me levou para ser profissionalmente fotografada uma vez, mas odiei. Era um monte de luzes quentes e poses falsas, e rapidamente virou um tédio. Se bem que, de um jeito esquisito, acho que se pode dizer que é isso que estou fazendo agora, olhando para Brady e representando o papel de Namorada Perfeita. Ou isso ou estou exibindo a ele minha Cara de Espelho.

MOE

19 DE FEVEREIRO

Sei que não fui diretamente responsável por Lindsay Manatore ter de correr na pista com uma perna de calça de moletom e uma perna de short curto, mas eu provavelmente deveria ter impedido que Alex cortasse a perna da calça com o canivete de Janet. Mas, de certo modo, fico feliz por não ter impedido, porque foi engraçado. Toda vez que cruzávamos o caminho de Lindsay na pista, eu começava a cantar: "*Who wears short shorts?*".[1]

Alex virou minha amiga porque acha que sou divertida. Por isso e porque ela supôs que, como me visto do jeito que me visto, eu pertencia ao seu círculo social. Falei para ela: "Ah, não, eu só tenho um péssimo gosto para me vestir". Logo em seguida, estava sendo apresentada pela Alex às amigas dela como a nova amiga hilária e sarcástica, Moe. Isso foi no começo do primeiro ano, e essa

1. [Quem usa shorts curtos?] trecho da música "Short shorts" da banda The Royal Teens, gravada em 1958 para o álbum Planet rock, pela ABC-Paramount. (N. T.)

é a pessoa que tenho sido desde então. Antes disso, eu era amiga de perdedores, mas tenho de dizer que estar com os valentões ou com os "maconheiros" ou com qualquer coisa que você queira chamá-los tem suas vantagens, porque ninguém mexe com você. O problema é que as pessoas te evitam porque supõem que você é perigosa ou vai dar uma surra nelas, então você não tem muitas chances de se misturar.

A única pessoa que vê alguma coisa próxima do que eu sou de verdade é Noah. Ele provavelmente não admitiria isso nem no diário DELE. Mas ele é popular, e esses garotos nem escrevem diários. A vida deles gira em torno de atualizações de status, e quando eu falo de status, estou falando de STATUS. Ele anda com pessoas como Tabitha Foster e Brady Finch e Jason Baines. Noah só fala comigo depois da escola, quando estamos sozinhos, e depois vai embora antes que minha tia volte do trabalho. Ou eu vou embora antes que a mãe dele chegue em casa.

Ontem acenei para ele quando o vi entrando em casa com os pais. Ele retribuiu o aceno. Ouvi a mãe dele perguntar: "Quem é essa?". A resposta dele: "Não sei". Ei, babaca, se você vai fingir que não me conhece, tudo bem, mas eu moro na casa ao lado. Você não podia simplesmente dizer: "Acho que ela mora na casa ao lado"? Não preciso que proclame um amor infinito por mim nem que conte ao mundo todo que nós ficamos de vez em quando e às vezes fazemos mais do que isso, mas pelo menos que admita que eu sou uma pessoa conhecida. Idiota.

TABITHA

BOA IMAGEM CORPORAL

— Por favor, me diz que não vai chover mais tarde — observa Kayla, olhando para o céu cinza enquanto andamos pela calçada perfeitamente bem cuidada, até a porta da frente da casa de Taryn.

— Sinto muito. Vai chover mais tarde — digo. Estamos em Portland. Aqui chove cento e cinquenta e cinco dias por ano.

Kayla toca a campainha, que ecoa sinos no estilo catedral-usando-crack. A casa é uma mansão branca de mau gosto empoleirada acima da água em Lake Oswego. Não gosto muito; mas, no nosso bairro, o dinheiro novo reina supremo, e esse é o exemplo perfeito do que ele pode comprar. Os pais de Taryn têm zilhões de dinheiro fresco, cortesia do belo emprego do pai como alto gerente da Nike e da mãe na Wieden+Kennedy.

— Eu dirijo — oferece Taryn, jogando o cabelo loiro e cacheado enquanto abre a porta da frente.

— Quero alguma coisa *provocante* — diz Kayla, mexendo no piercing do umbigo, que está orgulhosamente à mostra, graças a uma blusa de moletom estrategicamente enrolada, feita para exibir sua barriga lisa e reta.

Kayla tem uma academia em casa, e ela usa uma pulseira de elástico vermelho para se lembrar de encolher a barriga. Sua heroína pessoal é Tracy Anderson, treinadora da Gwyneth Paltrow. Tenho quase certeza de que ela tem o guarda-roupa de malhação completo de Tracy, até os tênis. Se a mãe permitisse, ela provavelmente pintaria o cabelo de loiro para ficar igual ao da Tracy, mas felizmente ela percebeu que "asiática loira" não é uma aparência das melhores. Obrigada, Bai Ling.

Chegamos ao Mini Cooper vermelho de Taryn, um presente dos pais pela incrível façanha de fazer dezesseis anos. Kayla entra no banco traseiro.

— Você já não tem um armário cheio de roupas sexy? — provoco.

— Nunca é demais — cantarola ela.

Nossas excursões de compras nas tardes de sexta-feira são um ritual. Eu costumava adorar; mas, um ano atrás, comecei a me perguntar se gastar o dinheiro do meu pai era apenas outra maneira de aceitar sua grana usada como um "cala-boca"; se ele não tivesse tanto, minha mãe provavelmente já teria se divorciado dele há muito tempo. Todas as vezes que compro alguma coisa com uma nota de cinquenta dólares que ele me deu, assumo uma dívida ainda maior com o inimigo. Mas, se não fosse o inimigo, acho que eu não teria ganho os brincos de diamantes da Tiffany de presente no Natal do ano passado. Entramos no estacionamento da Washington Square e Taryn, como sempre, estaciona na sua típica maneira de "Eu preciso de duas vagas em vez de uma", quase atropelando um cara de cadeira de rodas.

— Jesus! — eu grito.

— Só porque ele é deficiente, você não precisa tirá-lo desse sofrimento — acrescenta Kayla.

— Não importa. Ele me agradeceria se soubesse que a Macy's não vende Miu Miu. — Taryn funga. Ela é uma dessas garotas que vivem por uma oportunidade festeira de ser fashionista e pela possibilidade de ter roupas de alta costura. Não que o shopping da Washington Square seja cheio desse tipo de roupas, mas você ficaria surpreso com quantos alunos da nossa turma têm Learjets e mães que ainda usam peles para ir às reuniões de pais. Se alguém consegue farejar um vestido de mil dólares em um shopping, esse alguém é Taryn. Ela já usou as mesas do laboratório de biologia como passarela improvisada de desfile de modas quando o sr. Lopez saiu da sala para um dos seus famosos intervalos de quinze minutos no banheiro.

Kayla começa a andar direto para a Forever 21, o lar de todas as suas roupas de periguete.

— Vamos na Forever 21 — diz ela.

— Vamos na Bebe — diz Taryn com firmeza. Faltam quase três meses para o Baile da Primavera, mas ela está decidida a agarrar o vestido perfeito logo.

— Por que você quer ir na Forever 21? Eles imprimem versículos da Bíblia no fundo das sacolas de compras. — Reviro os olhos.

— Eles não fazem isso! — Kayla ofega.

— Veja com seus próprios olhos — digo, dando de ombros. — Vou na Nordie's. — Sugiro isso porque sei que nenhuma das duas vai querer ir lá. É muito "anos 90".

— Nos encontramos na Yopop pra tomar um *frozen yogurt* depois? — pergunta Taryn, e eu faço que sim com a cabeça.

Kayla aponta para a vitrine da Forever 21.

— Oh! Top tubinho de purpurina!

— Cuidado — digo. — Roupa de pecadora total. Você pode precisar de redenção.

Kayla mostra a língua, e não consigo evitar uma risada. Ela pode ser uma idiota ridícula, mas pelo menos é um pouco confiável.

Quando eu estava bêbada no ano passado e contei a ela que meu pai tinha uma amante, ela nunca mais tocou no assunto. E, em troca, nunca falo sobre todas as coisas de puta que ela fez nem dos caras com quem as fez. No ano passado, na aula de Ciências Familiares e de Consumo (antes conhecida como Economia Doméstica), a sra. Sykes falou de um estudo em que as meninas com uma boa imagem corporal tinham mais probabilidade de se abster do sexo, e as garotas com uma imagem corporal ruim tinham mais probabilidade de ser promíscuas. Não é estranho o fato de que, se você gosta do seu corpo, não deixa ninguém vê-lo e, se *não* gosta do seu corpo, você quer mostrá-lo para todo mundo? E por que Kayla não adoraria o próprio corpo, já que não tem um grama de gordura?

— Te vejo daqui a quarenta e cinco minutos — diz Taryn. Quando elas se afastam, solto um suspiro de alívio. Eu finalmente posso fazer o que vim fazer.

MOE

24 DE FEVEREIRO

Marc e eu jogamos *Rage* depois da escola. *Whales Beached*[2] estavam explodindo à esquerda e à direita quando ele começou a me encher o saco porque eu ando com gente desprezível e um cara que nem me cumprimenta em público. Falei que não preciso do seu discurso de irmão superprotetor. Os amigos dele não são muito melhores, já que tudo o que fazem é se revoltar e andar de bicicleta.

Ele discutiu comigo por um tempo e disse que isso é diferente de realmente fazer coisas ruins, tipo pichar prédios ou ser malvada com as pessoas ou festejar sempre e qualquer outra coisa que a gente faz.

Falei que o que fazemos não é da conta dele e, além disso, com quem mais eu posso andar? Aí ele deixou o assunto de lado, disse

2. Baleias encalhadas – jogo Rage.

que só está cuidando de mim e depois matou um monte de *Gingers e Fattys*[3]. Fiquei revoltada até perceber que isso é simplesmente o que os irmãos fazem. Eles tentam te proteger das pessoas más, mesmo em um videogame.

3. Personagens de Rage.

TABITHA

ENCANTADA

Mesmo que você tenha dinheiro para fazer o que quiser, ainda é divertido tentar conseguir alguma coisa de graça. Especialmente alguma coisa da caixa de joias da Nordie's.

— Posso ver aquela? — pergunto, apontando para uma pulseira Maya Brenner com correntes grossas de ouro e uma moedinha com pedrinhas de turquesa e coral. Outro dia, vi Alexa Chung usando-a em um blog.

A vendedora desanimada destranca a caixa. Parece que todo o clima sombrio afundou direto na alma dela. Isso ou ela foi borrifada com um excesso de Água de Sem-Teto na caminhada até o trabalho. Isso deixa qualquer um deprimido.

— Ah, e os brincos — digo quando ela coloca a pulseira de amuletos no pano de veludo sobre o balcão. Ela se vira para pegá-los.

— Não, esses não — aponto. — Os de pérolas. E aquela pulseira de prata com elos de corrente grandes? E posso ver as argolas de ouro? Muito obrigada. — Enquanto a vendedora coloca uma coisa ao lado da outra, dou um sorriso doce. — Você se importa de pegar aquele colar de pingente também? Me desculpe.

— Qual deles? — Ela está começando a ficar confusa.

— É tão difícil me decidir aqui — digo, pegando as argolas de ouro. — A propósito, adorei a sua blusa. Fica incrível em você.

— É mesmo? — Ela olha para a blusa justa azul-marinho como se estivesse se vendo pela primeira vez. Eu me sinto um pouco culpada por me aproveitar das suas inseguranças, mas acho que, pensando no lado positivo, ela parece mais feliz agora do que cinco minutos atrás.

— Jean, tem alguém na linha três querendo falar com você... Eric? — grita uma mulher que está no balcão da Clinique.

Pela expressão no rosto de Jean, é óbvio que Eric está se esquivando dela há semanas. As atividades preferidas dele provavelmente são Nintendo, beber Coors e não retornar as ligações das mulheres com quem fez sexo. Jean obviamente é uma delas. Ao ver seu rosto feliz, lembro de me sentir tão empolgada quanto ela, quando Brady costumava me ligar. Agora me sinto presa em um círculo de conversinhas ruins e sessões de beijos medíocres. Às vezes, sim, a gente faz aquilo de verdade, mas normalmente estamos bêbados, então nem sei se isso conta. É basicamente uma fórmula de agarramentos, toques e inserções, todos levando a uma conclusão inevitavelmente breve. Eu não classificaria como uma das minhas atividades preferidas de todos os tempos. Esse passeio ao shopping ganharia de longe.

— Estou com uma cliente. Diz que eu ligo depois — explica Jean, lançando um olhar decepcionado na minha direção.

— Não, tudo bem. — Dou um sorriso cúmplice para ela. — Vai lá. Estou bem.

— Já volto. — Jean faz um sinal simpático com a cabeça e vai atender a ligação. Tirei a sorte grande.

— Oi, sumido — diz Jean ao telefone. Depois de um segundo, ela diz: — É, eu adoro a Ruth's Chris!... — E seus ombros afundam. — Acho que ainda tenho. Mas era um cupom de apenas cinquenta dólares, então não sei se vai pagar um jantar muito grande pra gente...

Ele quer levar a garota para jantar com um cupom *dela*? Nossa. Jean precisa desligar na cara dele e apagar o número. Mas não importa: a baixa autoestima dela é a minha sorte. Quando ela desliga, dou um aceno para ela e digo:

— Obrigada! Volto mais tarde! — E saio andando. Deixo tudo para trás, exceto a pulseira Maya Brenner.

GOLPISTA BRILHANTE

Sair com sua bugiganga da loja é a melhor e a pior parte. Você está prestes a se tornar uma golpista brilhante ou mais uma estatística de delinquência juvenil.

Eu me obrigo a diminuir a velocidade e finjo admirar um vestido de alça cor-de-rosa; mas, sob a manga do suéter, estou tirando disfarçadamente a etiqueta de preço e o minúsculo sensor de código de barras da pulseira, que está no meu pulso. Deixo a etiqueta e o sensor caírem no chão e entro na loja Sporting Goods.

Noventa segundos depois, estou na saída para a rua. Respiro fundo e dou o mergulho final através dos detectores eletrônicos na porta da frente — que, oitenta e sete por cento das vezes, são só enfeite, mas continuam sendo o obstáculo final, excitantemente apavorantes — e empurro a porta para abri-la. O ar do inverno me atinge como um tapa de liberdade.

Acelero o passo enquanto sigo para o estacionamento. Imagino que vou fazer uma curva fechada à direita daqui a nove metros, contornar o prédio e entrar de novo no shopping perto da Yopop. Pego meu celular para mandar uma mensagem de texto para Kayla com a estimativa de chegada e me movimento cada vez mais rápido e cada vez mais livre. Acelero e viro a esquina do prédio, e é nesse instante que dou de cara com um segurança.

PEGA

O sangue dispara até a superfície da minha pele com tanta força que parece que o meu rosto está sendo espetado por uma centena de agulhas. Não tenho ideia do que fazer, então disfarço. Muito mal.

— Opa. Desculpa. Sou muito desen...

Ele dá um sorriso lento e casual. Uma tatuagem de lince ou algum tipo de leão da selva escapa do colarinho. Eu a encaro. Ele tinha a minha idade quando decidiu se marcar permanentemente? Era alguma coisa que ele tinha feito com os amigos? Me pergunto se ele se arrepende.

— Preciso que você venha comigo — diz ele.

— Por quê?

Ele dá uma risadinha.

— Acho que você sabe.

— Sei? — pergunto. Não há literalmente nem um pouco de oxigênio entrando ou saindo do meu corpo.

— Meninas que roubam pulseiras de trezentos dólares não são tão burras quanto parecem.

— Eu não roubei nada. — Tento fazer minha Cara de Espelho, meu rosto de modelo, minha cara de "você é a pessoa mais charmosa que eu conheço, e seu braço ao meu redor me faz mais feliz do que qualquer coisa no mundo todo", mas não cola.

— Preciso que você volte lá pra dentro e me mostre o que tem no pulso.

Não tenho escolha. Então, eu digo:

— Ai, que merda! É disso que você está falando? — Mostro o pulso. — Me esqueci totalmente que tinha experimentado! Sou uma idiota.

Ele sorri para mim. Pouco abaixo do sorriso dele, vejo a ponta da garra do lince tatuado, pousada na jugular.

— Você pode ter se "esquecido" — ele destaca a palavra, obviamente sem acreditar em mim —, mas saiu da loja sem pagar, o que significa que você violou a lei.

Quando voltamos para dentro, tento dar a impressão de que não há nada de errado, mas aí eu vejo Jean em pé ao lado das grandes portas de vidro. Ela está me mostrando para sua colega de trabalho e com um sorriso arrogante no rosto. Dez minutos atrás, Jean era a perdedora e eu era a vencedora. Agora, a história é totalmente diferente.

— Eric só está te usando pra comer um bife de graça — solto para Jean quando passamos. Seu sorriso arrogante desaparece. O guarda estende o braço para eu pegá-lo, e é quase como se um cavalheiro conduzisse uma dama até a pista de dança; ou como se um lince arrastasse sua presa para a floresta quando a perseguição acaba.

PARTE 2

"Isso é o que acontece com as princesas na vida real."

MOE

2 DE MARÇO

Ok, pergunta do dia: Qual é a real importância do Baile da Primavera? As pessoas gastam centenas de dólares em uma noite para tirar uma foto brega com um cenário cheio de estrelas. Admito que a perspectiva de dançar músicas pop com Noah Simos não é a pior coisa que posso imaginar, mas nunca vai acontecer de verdade, então não faz sentido desperdiçar meu tempo pensando nisso.

A Tia B fica me contando histórias sobre seus bailes do ensino médio, que são totalmente entediantes. Ela fica insistindo que, se eu não for ao Baile da Primavera, vou me arrepender. Ela adora falar em "viver a vida com tudo" e não "se arrepender". Eu sempre acho que isso é o que as pessoas cujo auge foi no ensino médio dizem. Não que seja culpa dela — ela não planejou ter de abrir mão da própria vida porque os meus pais morreram em um acidente aleatório e ela teve que se tornar minha tutora. Claro que tenho arrependimentos, tipo não dar mais atenção aos meus pais quando eles estavam bem na minha frente, mas tento não passar muito tempo remoendo isso, porque eu só tinha sete anos quando isso aconteceu. Tenho algumas lembranças especiais que guardo comigo e algumas coisas que queria ter feito de um jeito diferente, como não choramingar por querer um skate no meu aniversário. Se eu não tivesse feito isso, eles provavelmente ainda estariam vivos. Mas, quanto mais você pensa em coisas assim, pior se sente e, quanto mais fala sobre lembranças especiais, menos especiais elas se tornam. Marc e eu normalmente concordamos nesse assunto e, no último Natal, ele deu à Tia B uma camiseta que diz "Sem Arrependimentos" como um tipo de piada. Ela não riu. Ele disse que se arrependia de ter dado a camiseta a ela, mas ela também não riu disso.

ELODIE

CONVERSA BOBA

Quando chego em casa,
dou ao meu pai o papel de permissão
para a viagem de Shakespeare.
Se você vai,
é certo que consiga ir na viagem de fim de semana a Ashland,
e isso supostamente é a maior diversão
que você pode ter na escola
e ainda receber créditos.

Ele me pergunta como está a escola
e como estão os meus amigos.
Digo que *tudo bem* e ele faz que sim com a cabeça e diz:
Estou disponível para resolver problemas se você estiver com alguma dificuldade, Elodie,
e me dá um de seus Olhares de Gerente de Distrito,
o que me faz pensar que eu deveria

pagar um salário a ele por conversar comigo.
Talvez ele devesse me dar a conta depois do jantar.

Enquanto está tirando os pratos,
minha madrasta, Jenna, me lembra que eles vão à casa dos Stegemans mais tarde.
Ela está eufórica com a perspectiva de conversas bobas até o torpor.
Esta é uma de suas habilidades especiais:
dizer um monte de nada
o tempo todo.
Acho que meu pai se casou com ela porque
tipos silenciosos gostam de pessoas
que não são silenciosas.

O que você e Rachelle vão fazer hoje à noite?, Jenna pergunta.
Dou de ombros e digo: *Nada, provavelmente só ver uns filmes,*
porque é assim com os pais;
você diz o que eles querem ouvir
e todo o resto
você deixa de fora.

TABITHA

GELO

Depois que o sr. Lince chama a polícia, minha mãe aparece. Seu rosto está pálido e seu cabelo loiro-cinza, normalmente penteado com perfeição, está bagunçado nas laterais. Ela claramente estava no meio de um cochilo abastecido por coquetéis. Mas tenho de reconhecer: ela mal estremece quando me vê sentada na poltrona extraordinária nos fundos do Serviço de Atendimento ao Consumidor.

No caminho para casa, ela liga para Jeffrey, advogado e "velho amigo da família" no viva-voz. Eles estudaram juntos na Universidade de Washington, e uma vez eu perguntei se eles tinham namorado, e ela simplesmente deu de ombros. Dois Natais atrás, na nossa casa, eu os encontrei bebendo drinques na cozinha. Ele estava contando uma história que a fez se dobrar de tanto rir, o que é esquisito, porque ela não é muito de rir. Quando ela me viu, endireitou as costas e tentou se recompor, mas ele simplesmente ficou ali encarando-a, como se quisesse viver naquela cozinha para sempre e não ter de voltar para a esposa gorda e os filhos gêmeos super-irritantes de cinco anos.

Aparentemente, minha mãe já tinha contado a história verdadeira para Jeffrey, porque ele aparece no viva-voz cheio de confiança e calma.

— Eu cuido da papelada — diz ele. — Vou pedir para minha assistente te inscrever em um programa de reabilitação psicológica.

— Vou ter de ir pra *reabilitação?*

— Você precisa mostrar ao juiz que está cuidando do problema — diz ele.

— Eu não tenho nenhum problema. — Reviro os olhos.

— Vou mandar as informações por e-mail para sua mãe.

— E se eu não quiser ir para um programa? Nunca fui presa. Eles não vão me mandar pra prisão se eu não for para um programa, certo?

— Na verdade, o estado está sendo linha dura com os ladrões de loja. Estatisticamente, trinta e cinco por cento dos ladrões de loja de primeira viagem correm alto risco de reincidir. Se mostrarmos a eles que você não está nesses trinta e cinco por cento, temos mais munição para fazer um acordo — diz ele.

— Ela vai fazer, sim — interrompe minha mãe. — Agradecemos muito pela sua ajuda, Jeffrey. — Ela segura o volante com força e me lança um olhar penetrante. — Não é?

Não respondo. Acordo? Por favor. Eu só peguei uma pulseirinha minúscula. Não sou a Winona Ryder.

...

Quando chegamos em casa, minha mãe vai para a sala de estar, alisa o vestido e se senta no braço de uma poltrona Barcelona cor de ameixa — uma nova aquisição, graças à sua última reforma.

O tilintar de cubos de gelo no copo dela é o único som na casa, além do zumbido distante de um cortador de grama onipresente a duas casas de distância. O sr. Patterson parece pensar que, se cortar a grama do quintal pela manhã, ao meio-dia e à noite com perfeição, de algum jeito sua vida vai melhorar. Ele é obviamente delirante.

Mexo no meu celular. Tenho oito mensagens de texto de Kayla e Taryn, perguntando PARA ONDE DIABOS VOCÊ FOI? Não posso exatamente dizer a verdade, então digito DESCULPA. TPM. VEJO VOCÊS NA FESTA.

Minha mãe toma outro gole de "club soda", também conhecida como Tanqueray.

— Eu continuo sem entender *por que* você rouba lojas — ela suspira.

Desvio o olhar.

— Já te falei: foi um mal-entendido idiota.

— Seu pai e eu podíamos ter dado dinheiro pra você comprar aquela pulseira.

— Me desculpa, tá? — digo. Isso parece satisfazê-la, especialmente porque ela prefere explicações fáceis para os problemas complicados da vida.

— Jeffrey disse que o programa dura apenas doze semanas — diz ela. — Ele acha que, se você tiver uma boa frequência, pode apagar totalmente o fato da sua ficha. Mas ele não queria que eu te contasse isso. Ele acha que te assustar pode ser bom. — Ela me lança um olhar, franzindo a testa até onde o botox permite. Depois acrescenta: — Não vou contar pro seu pai. Ele não precisa do estresse.

Dã. Quem *precisa* do estresse de uma filha sendo presa por roubar? Ela vai encher o copo, e eu me levanto. Não aguento mais essa conversa. Preciso fazer o que faço de melhor, que é me vestir e ficar bonita para ir a uma festa com um monte de pessoas que eu não suporto.

ELODIE

O QUE ESTAMOS FAZENDO

Derek Godfrey
(seja ele quem for)
vai dar uma festa,
e nós vamos.
É minha primeira festa em Oregon,
ou talvez seja minha primeira festa na vida, na verdade,
além de um aniversário aqui e ali.
Isso meio que me resume:
estou aqui e ali, mas não em lugar algum de verdade.

Só estou aqui agora porque sou acompanhante da Rachelle,
um beta para seu alfa.
Esse foi o acordo velado, na verdade;
se ela se dignou a me colocar sob sua asa,
tenho de fazer o que ela manda,
sem questionar.

Esta noite ela alega que eu preciso tirar umas fotos informais
para o anuário,
então é melhor eu levar a câmera.

Quando chego à casa dela,
ela está usando um pouco de maquiagem demais
e uma saia supercurta
e um olhar arregalado que diz:
Se eu não me divertir hoje à noite,
vou MORRER.
Provando que até os alfas ficam nervosos
aqui e ali.

MOE

7 DE MARÇO

Ficar em casa e escrever no diário não é o que as pessoas esperariam de alguém como eu em uma noite de sexta-feira. Encrenqueiras como eu quebram caixas de correio nas noites de sexta-feira. Maconheiras como eu ficam chapadas nas noites de sexta-feira. Garotas duronas como eu não exploram seus sentimentos nas noites de sexta-feira.

Quando Noah me disse que ia à festa de Derek hoje à noite, parte de mim — eu TODA — ficou decepcionada. Às vezes eu queria poder simplesmente me transformar em uma líder de torcida ou qualquer coisa que precise ser para fazer com que Noah se sinta confortável sendo visto comigo. Mas, mesmo no meu mundo dos sonhos, o uniforme de líder de torcida parece ser desconfortável e me dar coceira.

Obviamente, não posso contar a ninguém que quero ir à festa de

Derek. E tomar chá de cogumelos com Alex e Janet, e aqueles caras no Oaks Amusement Park parece chato, e é por isso que estou aqui. Marc saiu para jogar videogame em Avalon, na região sudeste. Minha tia saiu para jantar com as amigas do hospital. Estou feliz, porque ela nunca sai; é como se ela se sentisse culpada ou estressada demais para se divertir. Ela sempre faz o máximo para cuidar de Marc e de mim: faz o café da manhã, janta conosco, pergunta como foi o nosso dia, acompanha nossos trabalhos da escola e geralmente se preocupa conosco. Ela é mais velha do que meus pais eram, e diz que é loucura eles terem morrido tão jovens, apaixonados e com uma família, enquanto ela era solteira e mais velha. Sei que parece ruim, mas acho que ela deveria tentar superar isso. É o que estamos tentando fazer. É por isso que é bom ela sair para se divertir e beber vinho branco ou qualquer coisa que as mulheres da idade dela bebem. Talvez ela dê mole para um cara legal de quarenta e poucos anos. Vou usar essa oportunidade para tomar um banho de espuma relaxante e ler. Como eu disse, não é o que as pessoas esperariam, mas, no geral, não é um jeito ruim de passar a noite de sexta-feira se você não pode passá-la com a pessoa que ama.

ELODIE

ADOLESCENTE NORMAL

No instante em que Rachelle e eu chegamos à casa de
Derek Godfrey,
desejo estar em outro lugar.
Eu me sinto uma aberração,
Afinal, todas as adolescentes normais
não adoram ir a festas?
Eu não devo ser normal.

Aí vejo Brady Finch entrar.
Mesmo ele sendo demais para mim,
ainda acho que é melhor
ter uma queda por alguém que é incrível, mas inatingível,
do que ter uma queda
por alguém que é atingível e chato.
Pelo menos eu tenho padrões.

Ele passa por mim
e esbarra no meu braço
e se vira e diz: *Me desculpa, docinho.*
Docinho?! Brady Finch me chamou de *docinho?*
Enquanto fico ali no rastro do seu brilho,
um cara bêbado me diz:
Do que você está sorrindo?
e me dá um drinque rosa em um copo vermelho.
Nada, digo, corando.
Talvez você seja mais divertida quando estiver bêbada, diz ele e
sai cambaleando.
Rachelle aparece ao meu lado, toda solidária, e diz:
Esse cara é um babaca. Podemos ir embora, se você quiser.
Sinto uma pontada de afeto por ela,
porque, mesmo não sendo a melhor amiga do mundo,
é a única que eu tenho.

Vou me despedir da Samantha antes,
diz ela, apontando para um grupo de líderes de torcida,
e eu olho para Brady e vejo
que agora ele está cercado de pessoas.
Eu saio,
engolindo um pouco do ar noturno
como se fosse uma coisa que vai me deixar feliz
e bêbada e
vou me esquecer de onde estou
ou quem eu sou
ou como sou péssima
em ser normal.

TABITHA

FESTA DO DEREK

A casa de Derek tem cinco quartos e fica no topo do Westridge Estates. É famosa por sua mesa de sinuca, comprada pelo pai divorciado de Derek, que está sempre fora da cidade com garotas mais novas que está tentando impressionar.

Quando chego lá, sou recebida pela visão de Jenny Heder e Serena Bell bêbadas cantando rap junto com Kanye West, que está gritando em um sistema de som enorme.

Eu adoro o fato de o hip-hop ser a voz da angústia suburbana das garotas brancas.

O pai de Derek trabalha na Adidas, o que o torna solteiro e *também* muito rico, então ele entupiu a casa com alto-falantes e jogos e é tão desesperado para o filho amá-lo que deixa ele dar festas quando não está em casa. Junte isso com o fato de Jason Baines ter um irmão mais velho que compra bebidas alcoólicas no atacado e temos uma combinação vencedora de possibilidades de festas.

Faço um desvio rápido até a cozinha e pego um daiquiri de morango extremamente nojento com Patrick Cushman, que aparentemente se autonomeou Mestre do Liquidificador.

— Receita especial para adolescentes que querem ficar bêbados mais rápido — diz ele.

— Como foi que *você* ficou encarregado dos coquetéis?

— Isso importa?

Dou de ombros. Patrick é um desses caras que não parecem pertencer a nenhum grupo; ele sempre anda com todo mundo — jogadores de tênis, alunos inteligentes, *geeks* de banda, skatistas — e, às vezes, até anda com os amigos de Brady do lacrosse. Isso provavelmente significa que ele é inseguro e não consegue decidir quem é. Fizemos aula de educação física juntos no primeiro ano. Um dia, um babaca me acertou com muita força na queimada, e Patrick me levou até o consultório da enfermeira para pegar gelo e colocar no meu braço. Ele obviamente estava se insinuando para mim, mas não foi ruim ter companhia.

Tomo um gole gigantesco de daiquiri. É forte, doce e azedo. O gosto me dá vontade de vomitar.

— Você realmente quer ficar bêbada, né? — diz ele.

— Não é da sua conta. — Olho furiosa para ele.

— Uau. Me desculpa — responde ele, parecendo surpreso.

— Não importa. — Não preciso que ele sinta pena. Eu o deixo parado ali e vou para a sala de estar, tomando mais um gole enorme de daiquiri no caminho. Ele pode ser irritante para conversar, mas tenho de admitir que Patrick Cushman faz um daiquiri de morango extremamente ruim bem delicioso.

— Oi, Tabs — diz Brady, sorrindo para mim quando apareço e digo "oi" para todo mundo. Taryn está ocupada demais para cumprimentar.

Brady coloca um braço na minha cintura e belisca o ponto em que um pedacinho de carne salta da calça jeans. Visto tamanho 38, mas esse claramente é o jeito dele de dizer que estou gorda. Às vezes parece que os garotos realmente odeiam as garotas, com todas as coisinhas que eles dizem e fazem para tentar fazer a gente se odiar.

Luto contra a vontade de bater nele e, em vez disso, me viro e dou um beijo na sua boca perfeita. Já vi minha mãe fazer isso com meu pai quando ele está sendo babaca. Ela tenta seduzi-lo com afeto para deixá-lo de bom humor. Às vezes até funciona.

— Aonde você foi mais cedo? — pergunta Taryn, tirando os olhos do celular.

— Voltei de táxi pra casa — digo, dando de ombros.

— Você podia ter mandado uma mensagem de texto pra gente. Ficamos sentadas na Yopop durante vinte minutos te esperando — reclama ela.

— Eu tenho de avisar onde estou o tempo todo? — retruco. Faço mímica com a boca para Kayla dizendo *cólica*. Qualquer explicação envolvendo a menstruação de alguém funciona para Kayla. Ela menstruou tarde — tinha catorze anos, o que é praticamente menopausa —, então ela adora histórias sobre as tolices da menstruação. A preferida é sobre a tentativa da prima de usar um absorvente maxi. A prima menstruou no meio de uma festa de Natal da família, e alguém deu um absorvente para ela. Ela saiu do banheiro parecendo tragicamente desconfortável. "O que aconteceu?", perguntou Kayla quando a prima se aproximou andando como se estivesse com uma fralda cheia de formigas vermelhas. A prima apontou para a virilha e sussurrou para Kayla: "O lado do adesivo fica pra cima, né?".

Brady solta a minha cintura.

— Vamos pra casa do Jason pra fechar a noite. Está pronta?

Eu o encaro.

— Acabei de chegar aqui.

— E daí?

— E daí que eu nem terminei o meu drinque. — Mostro o daiquiri como prova, depois olho para sua boca perfeita, que mais uma vez eu quero socar.

— E daí? Termina no carro.

Encaro Brady. Como foi que eu arrumei um namorado como esse? Um namorado cujos talentos são marcar pontos no lacrosse, monitorar minha gordura corporal e ser babaca. Ele sabe que eu não gosto de Jason Baines. Já falei mil vezes. Não gosto desse Jason nem de nenhum outro. "Jason" é o nome universal dos babacas. Nunca conheci um que fosse legal. E esse específico — com complexo de atleta e namorada egocêntrica e de QI limitado, Dakota — definitivamente *não* é legal. Vejo a noite se desenvolvendo exatamente como todas as noites de Jason: Brady e Jason ficando acordados até quatro da manhã, cada vez mais bêbados e mais idiotas, e eu sentada lá conversando com Dakota. Que, por sinal, é conhecida por fazer insultos raciais quando está chapada. Às vezes eu queria que alguém a sequestrasse e a soltasse em Felony Flats no meio da noite, para ver até onde sua boca ia levá-la.

Brady sabe como eu me sinto, mas ele decidiu me obrigar a ir à casa de Jason sugerindo isso na frente de outras dez pessoas; se eu disser não, vou parecer uma chata. Por enquanto, ele está ganhando a batalha. Engulo meu daiquiri.

— Posso falar com você em particular rapidinho? — digo com um sorriso falso.

— Podemos conversar no caminho. Certo, pessoal? — Ele sorri para os caras e depois se vira para mim com um sorriso ainda mais arrogante.

— Eu não vou. — Olho furiosa para ele.

— É mesmo?

— É.

— Típico — ele desdenha.

Kayla lança um olhar para Noah. Jason fica triunfante. Dakota parece entediada.

— O que você quer dizer com "típico"? — retruco.

— Você está fazendo uma tempestade em copo d'água. Típico.

— Vai se foder — digo em um impulso.

Agora, todos começam a parecer desconfortáveis. Porque, de todas as pessoas que poderiam brigar em uma festa na frente de todo mundo, Brady Finch e eu seríamos os últimos. Supostamente, somos o maravilhoso casal de príncipe e princesa do ensino médio, duas pessoas que ficam ótimas juntas e estão loucamente apaixonadas.

— Eu queria que você tirasse esse pau enorme do seu cu — diz ele.

Brady e Jason e Noah riem. Kayla não olha para mim. De repente, eu não quero mais socá-lo. Só quero fugir. Sou atingida pela percepção de que isso é o que acontece com as princesas na vida real. Elas não são acordadas por um beijo do príncipe. Elas não ganham as chaves do reino. Elas não vivem felizes para sempre. Na vida real, elas são publicamente humilhadas; são jogadas das torres. É isso que não te contam quando você é uma garotinha: em segredo, todo mundo odeia as princesas. Todo mundo quer vê-las cair.

Sentindo um enjoo, eu me viro e me afasto, abrindo caminho pela festa como uma pária recém-coroada. Finalmente, saio pela porta da frente da casa de Derek Godfrey, lutando contra a sensação esmagadora de que, se continuar seguindo em frente, estarei por minha conta, e estarei assim para sempre.

ELODIE

NA VARANDA

Estou na varanda,
ainda segurando o drinque
que o cara bêbado me deu,
quando alguém me atropela
e meu copo sai voando.
Eu me viro e vejo Tabitha Foster,
a blusa branca pingando o drinque rosa.
Ela é magra e bem-sucedida,
os cabelos são cor de mel e extravagantes.
Ela não se parece em nada com você nem comigo.
De todas as rainhas das escolas em que estudei,
tem algo ultra-qualquer-coisa
em Tabitha Foster.
Ela parece estar saindo
de um filme
ou de um sonho

ou de uma história que
tem um final feliz...
exceto, aparentemente,
a atual.

TABITHA

LENÇO

— Filha da *puta!* — grito.

Estou ensopada de daiquiri, derramado em mim por uma garota que parece vagamente familiar, com cabelo castanho ondulado e corpo esguio, usando calça jeans e um suéter lavanda. Basicamente, ela se parece com todas as outras garotas de Lake Oswego: absurda e insipidamente normal.

— Ah! Você está bem? — Ela toca, com arrependimento, na minha blusa Vanessa Bruno branca e justa. Eu a roubei seis dias atrás, e hoje foi a primeira noite em que usei. Agora ela está coberta de gosma rosa grudenta. Obrigada, sua vaca.

Ouço alguém gargalhar e olho por sobre o ombro para a casa, onde Brady e Jason estão me encarando. Dakota está escondendo a boca com a mão.

Uma pontada de fúria me invade.

Viro para trás e rosno para a garota.

— Por que você não olha pra onde diabos está indo?!

— S-sinto muito — gagueja ela. — Sei que as pessoas sempre dizem que sentem muito quando não estão sendo sinceras, mas não sou uma dessas pessoas. Se bem que... acho que algumas pessoas não falam isso de jeito nenhum, então talvez seja melhor ser alguém que diz mas não é sincero... — Ela deixa a voz morrer.

Eu a encaro. Sério? Ela está inventando de embarcar em uma teoria esdrúxula sobre pedidos de desculpas na varanda de Derek Godfrey neste momento?

A garota enfia a mão no bolso do casaco por um instante e depois diz:

— Aqui. Usa isso.

Ela me estende um pedaço quadrado pequeno e dobrado de algodão. É rendado e amarelo. Eu puxo da mão dela e seco a minha blusa.

— Você carrega isso pra quando derrama porcarias nas pessoas? — falo de um jeito ofensivo. Em seguida, percebo que fui grossa. Não é culpa dessa idiota eu estar de mau humor. Xingo o segurança do Nordstrom, a Jean de baixa autoestima, minha blusa molhada, Brady Finch e toda a minha vida, antes de respirar. — Sinto muito — murmuro.

A garota me olha por um segundo, depois diz:

— Viu? Você acabou de fazer.

— O quê?

— Dizer que sente muito e não ser sincera — explica a garota. Ela arranca o lenço amarelo da minha mão e segue pela entrada de carros em direção à noite.

ELODIE

FOLHAS & GALHOS

Está começando a chuviscar
enquanto atravesso um quintal lateral qualquer
em que as flores da primavera estão começando a brotar.
"Not Afraid", do Eminem,
ressoa nas minhas costas enquanto
sigo direto para a casa da Rachelle.
Sempre tive um bom senso de direção;
minha mãe dizia que era um dos dons
que herdei do meu pai, e não dela.
Ela sempre falava de como éramos
parecidos,
provavelmente porque ela sabia que não éramos.
Como poderíamos ser?
Meu pai é especialista em planejamento estratégico,
e eu, de um jeito nada estratégico,
insultei uma das garotas mais populares da escola.

. . .

Ligo para Rachelle e ela atende,
parecendo que está andando na montanha-russa.
Acho que vou ficar mais um pouco!, grita ela.
Achei que você não estava se divertindo, digo.
Ela cobre o bocal por um segundo,
depois diz: *IxtoucomJaxinjiax!*
O *quê?*, digo, e ela sibila:
Eu disse que estou com Dustin Diaz!
Quem é esse?, pergunto.
Espera... ele vai descer! Te ligo amanhã...

Com isso, ela desliga na minha cara.
A chuva começa a cair com mais força,
e eu me abaixo sob um grande olmo
que provavelmente está gerando sombra e oxigênio
pelos últimos cinquenta anos.
Percebo que o lance
com amigos que você só tem há quatro meses
é que eles não vão te apoiar
e te proteger com seus galhos
e fazer fotossíntese de dióxido de carbono por você;
eles não vão te proteger do sol
nem da chuva;
eles vão te trocar
por um cara que mal conhecem
enquanto você fica ali se molhando
cada vez mais.

MOE

8 DE MARÇO, 4H22

Fui acordada por Noah batendo na minha janela. Ele disse que saiu da festa porque "estava chato lá sem você". Achei que era papo de bêbado, que ele só queria dar uns beijos antes de desmaiar, mas ele começou a me falar da noite. Me disse que Brady Finch é meio babaca e, certa vez, fez xixi no armário de Patrick Cushman sem nenhum motivo. Disse que Patrick é um cara que nunca fez nada babaca com ninguém. Isso confirmou minhas suspeitas de que eu não queria ser amiga desse tipo de gente. Isto é, se essas pessoas sequer tentassem falar comigo. Se bem que talvez meus amigos sejam tão ruins quanto essas pessoas, sei lá. Nenhum de nós é perfeito, acho. De qualquer maneira, fiquei esperando ele se aproximar e me beijar, mas ficamos conversando até ele cair no sono no meio de uma frase, e estou escrevendo isso agora enquanto ele dorme. Ele ronca um pouco, e isso é meio adorável.

ELODIE

MINGAU

Eu odeio café da manhã.
Especialmente quando tem mingau de aveia e, especialmente,
quando tenho de ouvir a análise de Jenna
sobre a noite na casa dos Stegemans:
como todo mundo era legal
e como eles se divertiram
e que estamos em um bairro maravilhoso
e que ela está muito feliz de termos nos mudado para cá.
Ouvi um dos pais dizerem
que ontem teve uma festa?,
comenta ela, toda reticente. *Você foi?*
Rosno uma não resposta
e coloco uma colher cheia de aveia molhada
na boca.
Ela olha para o meu pai e sorri.
Acho que não vamos ouvir todos os detalhes sórdidos, não é, Ray?

Ela se inclina para beijá-lo,
que não é nada do que você
quer ver às nove da manhã:
seu pai e sua madrasta se beijando.

Felizmente, meu pai diz
que tem uma apresentação importante na segunda
e precisa se preparar para isso,
o que faz sentido, porque
ele não é muito chegado a falar em público,
mas eu ainda queria que isso não o fizesse
se levantar e me deixar sentada aqui sozinha
comendo mingau e mirtilos
com a secretária
com quem ele se casou.

TABITHA

HISTÓRIA ROMÂNTICA

Meus pais se conheceram quando minha mãe tinha acabado de sair da faculdade e trabalhava como assistente em uma empresa de design de interiores em Seattle. A empresa dela foi contratada para projetar um dos prédios de escritórios do meu pai, uma construção de seis andares na Pike Street.

Ele era um arquiteto associado insolente na época e, depois de algumas semanas de paquera, a chamou para tomar um drinque. Ela não sabia muito bem se deveria ir, porque ainda estava saindo com o namorado da faculdade, mas achou que era pelo trabalho, e que mal faria um drinque?

Assim, ele a levou para o topo do Space Needle para tomar gimlets, que ela nunca havia provado. Dois drinques viraram quatro, e, reza a lenda que o jantar durou cinco horas, e eles conversaram e riram e pediram músicas ruins da década de 1970 como "The Pina Colada Song" ao pianista, que achou os dois encantadores. No fim da noite, meu pai a levou para casa e apertou sua mão como um cavalheiro. Ela achou que isso significava que ele não gostava dela o tanto que ela gostava dele ou que ele estava saindo com outra pessoa. Mas ele ficava inventando desculpas para aparecer, apesar de seu trabalho no prédio estar praticamente terminado. Ele alegava que era sua responsabilidade "supervisionar" tudo até o último detalhe, e ela não discutia, mas mantinha distância. Na noite antes da inauguração do prédio, todo mundo estava brindando com champanhe, e ele a apresentou ao chefe como "a mulher com quem vou me casar". Ela achou que ele estava brincando e disse:

— Nós só saímos uma vez. Como você pode dizer isso?

E aparentemente ele respondeu:

— Só precisei de uma vez. — Ou alguma coisa brega como essa. Mas acho que ela não achou brega, porque se casou com ele três meses depois. Eles estavam tão apaixonados que tiveram um bebê oito meses depois do casamento, fazendo todo mundo com meio cérebro perceber que houve algum tipo de erro de cálculo no controle de natalidade ou no pensamento lógico.

Agora, duas décadas se passaram, e meu pai está trabalhando na sala de estar, e minha mãe está no telefone com meu irmão mais velho, Jake, que estuda na Universidade de Michigan. Estou sentada no sofá vendo um filme chato na TNT e ouvindo minha mãe rir de todas as piadas idiotas de Jake, do modo como ela costumava rir das piadas do meu pai, o que faz sentido, já que Jake é basicamente um clone do meu pai.

— Deixa eu falar com o Jake — grita meu pai, e minha mãe vai relutante até a sala de jantar para entregar o telefone.

— Eu te amo muito, Jake — diz ela e, por um segundo, fico confusa, porque o nome do meu pai é Jacob, e às vezes eu me lembro dela chamando meu pai de "Jake" e meu irmão de "Jakey". Então, por um segundo, acho que ela está dizendo "eu te amo" para o meu pai. O que faria zero sentido.

— Oi, camarada — diz meu pai e se joga em um código masculino com o meu irmão enquanto minha mãe desaparece no andar de cima. Os homens às vezes falam com aquelas vozes falsas, como se eles fossem androides esquisitos sem sentimentos e emoções, e usam palavras como *camarada* e *cara*.

Bem nesse momento, eu recebo uma mensagem de texto da Taryn: O QUE ACONTECEU COM VOCÊ ONTEM À NOITE?

Digito em resposta: FIQUEI IRRITADA.

Parece uma resposta tão boa quanto qualquer outra, e volto para o que estava vendo na TNT. É um filme antigo da Sandra Bullock, em que ela conhece o cara dos seus sonhos na internet e se apaixona por ele, mas ele é um babaca total e destrói a vida dela. Eu me pergunto se minha mãe já viu esse filme.

MOE

8 DE MARÇO, 9H32

Estou muito feliz porque a Tia B não entrou no meu quarto hoje pela manhã para me acordar, como normalmente costuma fazer. Ela teria ficado muito puta de ver Noah Simos na minha cama. Foi estranho abrir os olhos hoje de manhã e vê-lo me encarando. Ele se despediu com um beijo, e isso foi legal, mas eu queria ter podido escovar os dentes antes. É chato ser ignorada por ele às vezes; mas, quando estamos juntos, ele é tão adorável que eu quase me esqueço de todo o resto.

Ele saiu pela janela quando ouviu a Tia B, e ela não percebeu que alguma coisa tinha acontecido durante o café da manhã. Arrumei meus ovos e meu bacon formando uma carinha sorridente que se parecia com Noah, mas Marc passou e bagunçou tudo com o garfo, e eu tive que dar um soco nele. A Tia B gritou comigo, mas tudo bem, porque eu estava tão de bom humor que pedi desculpas imediatamente e falei que ela era uma mulher muito inteligente, por isso ela foi para o trabalho animada, sentindo que eu a respeitava, e esse era um jeito excepcional de começar o dia.

ELODIE

PRODUTOS ROUBADOS

Tem um cara na seção de Cuidados com o Cabelo na Fred Meyer
que está me olhando como se soubesse
que tipo de pessoa eu sou.
E aí percebo que estou sendo paranoica.
De jeito nenhum ele — nem ninguém, na verdade —
poderia saber que sou o tipo de pessoa que tem
três brilhos labiais,
um despertador da Hello Kitty
um pacote de Red Vines,
uma caixa de camisinhas (para eu poder ver como são de perto),
e uma caixa de marcadores Crayola na minha bolsa.
Para completar,
coloco uma presilha de strass ali dentro também,
uma da qual Rachelle pode gostar.
Nada ajuda novas amizades como bugigangas de surpresa.
Felizmente, Rachelle sabe que os meus pais têm dinheiro,

então ela nunca vai desconfiar que os presentes são roubados,
mas, se ela fosse ladra,
entenderia que um presente roubado
significa muito mais do que um que foi comprado,
por causa do que você teve que passar para consegui-lo.

PORTA AFORA

Saio porta afora,
passando pelo cara que recolhe dinheiro
para uma causa humanitária ou outra,
e dou um dólar para ele
e um sorriso de boa menina,
e é aí que eu sinto
uma mão
no meu ombro.
Preciso que você volte para dentro da loja.
Eu me viro e lá está o cara esquisito de Cuidados com o Cabelo,
e, ao lado dele, a velhinha simpática
do setor de balas.
O que há de errado?, pergunto.
E a velhinha simpática diz:
Precisamos ver o que tem na sua bolsa.
Por um segundo doentio,
fico feliz
porque alguém percebeu que não sou apenas uma boa menina
nem uma flor artificial esperando para florescer.
Eles percebem que eu sou perigosa.
Vamos, mocinha, diz o Cara dos Cuidados com o Cabelo,
e eu levanto a mão
para dizer *só um segundo,*
e me viro
e vomito na calçada.

POLICIAL BOM, POLICIAL MAU

Estou na sala de detenção da Fred Meyer,
eles me fazem posar diante dos meus produtos roubados
como se eu estivesse sendo fotografada no Baile da Primavera,
só que, em vez de ser metade de um casal
posando na frente de um cenário vagabundo de cidade,
eu tenho camisinhas, um despertador,
e balas de alcaçuz enfileirados atrás de mim.

O Cara dos Cuidados com o Cabelo acha que isso é engraçado.
Balinhas e sexo — esses também são os meus vícios,
diz ele com um sorriso.
Eca.
A Velhinha Simpática não ri.
Porque ela é o Policial Mau.
Ela nem está arrependida, diz ela,
olhando para mim.
Percebo que agora pode ser um bom momento para fingir tristeza,
então penso em dois anos atrás,
depois que minha mãe morreu e meu pai arrumou
um cachorro para mim no Natal:
um Shetland do canil
que estava marcado para morrer
no dia seguinte.

Dei o nome de Rufus para ele e dormi com ele toda noite
por um mês, até meu pai vir me dizer
que seríamos transferidos
para Chicago e iríamos morar em um apartamento que não
permitia cães.

Penso no dia em que deixamos Rufus
na casa de uma nova família,
e penso na expressão dele
e nas orelhas macias e nos olhos doces,
e lá vêm as lágrimas
na sala dos fundos da drogaria
enquanto o Policial Mau liga para o meu pai
e eu choro na frente de todas as minhas bugigangas,
coisas idiotas que você não sabia o quanto amava
até elas serem tiradas de você
e você não poder recuperá-las.

MEDITAÇÃO

Tive uma professora hippie de ciências
na escola onde eu estudava antes desta,
e ela nos dizia que meditava todo dia de manhã,
e disse que, quando você aprende a fazer isso,
ouve todos os sons da sala.
Disse que nunca ouviu
coisas como o ar-condicionado
ou pessoas discutindo no apartamento ao lado
ou um avião passando no céu.
É como se você estivesse hiperconcentrado em tudo
porque está tentando não se concentrar em nada.

É isso que estou fazendo
depois que meu pai me pega em frente à Fred Meyer
e me leva para casa.
Ele os convenceu a não chamar a polícia
e negociou para eu ir à terapia de grupo;
ele fechou o acordo usando suas técnicas de especialista.
Quero agradecer,
mas tudo que consigo fazer
é tentar respirar
e bloquear o som
do seu silêncio
decepcionado
e ensurdecedor.

PARTE 3

"Acho que sou só mais uma estatística com outro conjunto de motivos clichês."

ELODIE

A PRIMEIRA VEZ

A primeira vez que roubei,
foi um acidente.
Eu saí da loja
com um pacote de balas na mão
pelo qual eu tinha me esquecido completamente de pagar.
Minha mãe já estava
doente havia meses
e ela estava mal-humorada naquele dia.
Eu podia ter voltado, mas
me senti merecedora de um agrado, um presente,
alguma coisa com sabor gostoso,
porque, se existem forças que decidem
levar pessoas embora aleatoriamente,
deve haver forças que decidam
dar coisas de graça aleatoriamente.

BEM-VINDOS AO LADRÕES DE LOJA ANÔNIMOS

Uma mulher com cabelo grisalho esvoaçante anuncia:
Bem-vindos ao Ladrões de Loja Anônimos.
Temos recém-chegados, hoje,
então sejam pacientes comigo se vocês já ouviram isso.
Meu nome é Shawn...
e todo mundo diz *Oi, Shawn!* tão alto
que eu praticamente dou um pulo na cadeira.
Shawn sorri e diz com orgulho:
Sou cleptomaníaca.
Também sou codependente e filha de alcoólatras,
mas isso é outra história.
Ela faz uma pausa para as risadas,
mas não há nenhuma.
Quero contar a todos os recém-chegados
minha história desde o início...

Ela está prestes a começar quando quem entra —
parecendo que deseja estar morta
ou, pior, que roubou alguma coisa
e foi pega fazendo isso —
é ninguém menos que Tabitha Foster.

TABITHA

FUNDO DO POÇO

Como diabos eu vim parar no porão da Igreja Saint Michael em SW Mill em uma parte de merda da cidade com um monte de perdedores? Muitíssimo obrigada, Jeffrey Amigo da Família, por decidir que esse inferno é minha salvação.

— Fiquei à vontade — diz a mulher de franja frisada em pé diante do salão. — Sou Shawn. E você é?

Ótimo. O AA já começou.

— Tabitha — murmuro e me jogo nos fundos, tentando ficar o mais invisível possível. Há algumas mesas e um carpete marrom encardido e esfiapado, e umas dezenas de mulheres com seus trinta e quarenta anos, além de um homem muito velho. Não achei que haveria alguém da minha idade; mas, a alguns assentos de distância, tem uma garota com coturnos roxos e um cabelo pintado de vermelho-cereja que claramente não foi feito com ajuda profissional. Shawn a chama de "Maureen", e a garota levanta o olhar.

— Moe. *Lembra?*

Ela tem alguma coisa escrita com marcador no braço. Provavelmente é um lembrete para usar drogas ou bater em alguém.

A outra garota da minha idade está sentada perto da frente. Quando Shawn pede para ela se apresentar, ela diz:

— Sou Elodie. — E, quando ela vira a cabeça, vejo seu nariz delicado e arrebitado e o cabelo castanho ondulado, e percebo que foi a garota que derramou daiquiri em mim na festa do Derek. Quais são as chances de isso acontecer, porra? Quando ela se abaixa para pegar alguma coisa, vejo uma câmera aparecendo na bolsa de carteiro. Foi *aí* que eu a reconheci. Ela faz parte da equipe do anuário. Uns meses atrás, ela tirou uma foto minha e do Brady. Ele fez algum comentário com ela sobre essa foto ter de estar em todas as páginas.

— Você pode dar um jeitinho de isso acontecer? — ele perguntou a ela. Com base na vergonha que sentiu naquele dia, ela claramente é uma das dezenas de garotas da Lake Oswego High que sonham em ser namorada dele. Quem não sonharia? Ele é gostoso. Ele é alto. Ele é praticamente famoso. Sorte minha. Agora estou sentada aqui atrás de uma das suas superfãs. Enquanto isso, tem um morador de rua sinistro esperando lá fora para falar besteiras para mim quando eu sair, dizendo que pareço escandinava. Bem quando você acha que chegou ao fundo do poço, ele desce um pouco mais.

MOE

16 DE MARÇO

Uma vez eu vi minha professora do quinto ano, a srta. Dobson, comprando uma ducha íntima no supermercado. Ela me viu, eu a vi, fizemos contato visual, mas tentei agir como se não tivesse visto seus suprimentos vaginais. Mesmo assim, o choque de vê-la comprar isso não foi nada em comparação com o choque de ver Tabitha Foster e uma garota que parecia a boazinha da LO no Ladrões de Loja Anônimos hoje. Não sei quanto à Boazinha, mas Tabitha Foster basicamente tem tudo: dinheiro, amigos, popularidade, um namorado gostoso que a adora. Por que *ela* precisaria roubar?

Até agora, a pessoa mais interessante da turma é Gina, a dona de casa mais infeliz do mundo, que adora compartilhar detalhes pessoais. Ela tem três filhos, e o marido trabalha o tempo todo e provavelmente a trai à noite. Eu também roubaria coisas, se fosse ela. Hoje ela falou sobre como é obcecada por roubar meias-calças. Disse que tem mais meias-calças L'eggs do que jamais vai precisar, mas ela não consegue parar — ter tantas opções a faz se sentir melhor. Escrevi "L'eggs" na minha mão com marcador. E, depois, "meias". Eu estava entediada nesse nível. Embora eu agora esteja meio animada para ouvir as merdas que Tabitha Foster rouba. Espero que ela entregue todos os detalhes pessoais como Gina faz, para que eu possa guardar tudo e zombar dela depois.

ELODIE

DINÂMICA

O nome verdadeiro da Moe é Maureen Truax.
Eu sei porque Rachelle me fez fotografar
ela e seus amigos na semana passada,
de modo que "todas as dinâmicas sociais da LO possam ser representadas".
Eu finalmente os encontrei embaixo das arquibancadas ficando chapados
e eles me disseram "deixa a gente em paz, porra",
e eu fiz isso.
Nem acredito
que estou no mesmo salão
com ela e Tabitha Foster —
o mundo nunca viu duas pessoas mais opostas.
Se isso não é a representação de todas as dinâmicas sociais,
não sei o que é.

TABITHA

VAMOS LÁ, PESSOAL?

— Os motivos para roubarmos lojas são variados, mas estão unidos pela euforia de conseguir alguma coisa de graça, a mesma euforia que um viciado sente quando consegue uma dose de uma droga — diz Shawn, abanando uma mosca que está circulando, faminta, seu rabo de cavalo frisado. — Para alguns de nós, o roubo de lojas é motivado pela perda. Perder uma pessoa, um emprego ou uma renda. Há um buraco lá dentro, e o roubo o preenche. Para outros, o roubo é um ato de rebeldia contra um mundo que não podemos controlar.

Enquanto ela fala sem parar, olho para o coração com as iniciais *BW* esculpidas na madeira da escrivaninha, ao lado de *KL* e *MK*. Obviamente, muitas pessoas já sentaram nesta mesa antes de mim. Acho que sou só mais uma estatística com outro conjunto de motivos clichês.

— Alguns de nós roubam porque é uma compensação justificada pelo quanto damos aos outros e como eles retribuem com pouco — continua Shawn. — E, para alguns de nós, roubar é um mecanismo de alívio para a ansiedade, a frustração ou a depressão.

Uma Esposa Desesperada levanta a mão.

— Sim, Gina?

— Como você sabe se está deprimida?

— Hmmm, se você mora em Hillsboro e não tem nada pra fazer a não ser roubar meias-calças? — sugere Moe.

Shawn olha furiosa para ela, depois se vira para a Esposa Desesperada.

— A depressão é bem comum, e existem inúmeras maneiras de identificá-la e tratá-la. Podemos discutir os sintomas em particular ou posso te indicar um psiquiatra, se você quiser.

Gina faz que sim com a cabeça, parecendo ainda mais deprimida.

— Agora, vamos voltar ao assunto em questão. Quem aqui sabe o percentual de americanos que roubam lojas? — Ninguém levanta a mão. — Dez por cento. E está aumentando a cada ano. Sendo assim, quero elogiar todos neste salão por estarem aqui e por cuidarem corajosamente do seu vício. Vamos interromper esse aumento, pessoal? — Ela dá um soquinho no ar para reforçar.

Estou oficialmente presa em um filme do canal Lifetime para mulheres.

MOE

20 DE MARÇO

Para alguns desses cabeças-de-vento, acho que o LLA é um jeito de reclamar da vida ou uma tentativa de fazer as pessoas sentirem pena deles ou de ganhar um cookie de graça na saída. Acho divertidas algumas das histórias e lições. Nos primeiros meses, tenho quase certeza de que Shawn achou que eu estava fazendo anotações detalhadas para me melhorar; mas, na verdade, eu estava anotando as dicas das pessoas sobre o que fazer e o que evitar no roubo de lojas. Tipo "Não pareça culpado" ou "Não roube de pessoas que você conhece" ou "Não roube de lojas de redes" ou "Se possível, roube queijo". Tenho certeza de que todas essas coisas serão úteis para mim quando eu crescer e me tornar um membro legítimo da sociedade e um modelo para os seres humanos de toda parte.

ELODIE

MONTÉQUIOS E CAPULETOS

A srta. Hoberman é obcecada
pelos Montéquios e pelos Capuletos.
Para preparar nossa viagem de campo para ver *Romeu e Julieta,*
ela acrescentou as insígnias da família de Julieta
e da família de Romeu ao fluxo inesgotável
de bugigangas com tema de Shakespeare sobre a mesa.
Os alunos ridicularizam sua obsessão por Shakespeare
do jeito que os alunos da minha mãe
provavelmente ridicularizavam sua obsessão por filmes
quando ela dava aula de cinema.
Ela me fazia ver filmes em preto e branco
com pessoas falando coisas animadas e dançando
e fazendo o que ela chamava de "encontro fofo".
É quando os personagens
se conhecem de um jeito afetuoso e inesperado:
pegando carona ou em um acidente de carro,

um encontro às cegas ou uma entrevista de emprego.
Se bem que, no meu caso,
acho, quando você derrama um drinque em Tabitha Foster
e ela grita com você em seguida,
é mais um "encontro horrível".

TABITHA

A LEMBRANÇA QUE NÃO ESCREVO

Estou desenhando no meu caderno durante a aula de Escrita Criativa no terceiro período, em uma tentativa de evitar fazer contato visual com alguém. Milagrosamente, consegui ficar distante de conversas longas com as pessoas desde a festa de Derek, cinco dias atrás. No entanto, sinto Jason Baines me dando um sorriso presunçoso a algumas cadeiras de distância.

Este é um daqueles momentos em que eu queria que a vida fosse o filme *Premonição* e uma serra elétrica aleatória voasse da mão do jardineiro lá fora e atravessasse uma janela aberta para cortar Jason Baines violentamente ao meio.

A srta. Hoberman me distrai da minha fantasia de carnificina ao dizer:

— Seus pais precisam assinar os formulários de viagem de campo de *Romeu e Julieta* até quarta-feira.

Serena Bell está me encarando e sussurrando alguma coisa para Kacey Madigan. Olho para os meus desenhos, que consistem em um coração com uma faca atravessada e uma cara de macaco. Eu claramente não tenho nenhuma habilidade artística.

— Para a redação livre de hoje, quero que vocês escrevam uma pequena lembrança sobre a sua família — continua a srta. Hoberman. — Pode ser em forma de poesia ou prosa, comédia ou drama; obviamente, não precisa ser tão dramático quanto os Montéquios e os Capuletos, mas eu adoraria se vocês fossem criativos e sinceros.

Escrever sobre a minha família com sinceridade ou criatividade não me parece divertido. O que eu tenho para dizer? Que meu pai sai com mulheres que não são a minha mãe? Ou que uma vez eu o vi em um encontro com uma morena no Le Bouchon do centro da cidade, sentados diante de velas e comendo *escargot* em pratos? Devo escrever que ele estava dizendo alguma coisa que a fez rir? Porque, para um especialista em deixar as pessoas infelizes, meu pai, na verdade, é um cara bem engraçado.

Sinceramente, prefiro ganhar uma nota baixa do que dizer qualquer uma dessas coisas. Não preciso escavar e procurar nenhuma lembrança do meu pai; já tenho algumas por semana quando vejo de relance sua pasta executiva no hall de entrada, parada ali como uma fantasia de "olá" e uma promessa de "adeus".

ALMOÇO

Eu queria poder dizer que o nosso refeitório não era como um filme de adolescentes onde há toda uma estrutura social modelo e as pessoas bonitas se sentam ali e as pessoas do teatro se sentam lá e os jogadores de lacrosse sentam mais para lá e as outras pessoas se sentam sabe-se lá onde, mas basicamente *é* desse jeito.

— Esse enroladinho de salsicha está nojento — diz Kayla enquanto tenta morder o tubo encharcado de cor cáqui.

Tenho ânsia de vômito só de olhar.

— Não sei por que você come essa porcaria — digo, abrindo meu pacote de cenouras e homus.

— Eu gosto do dia da pizza — diz Kayla. — Quando é o dia da pizza?

Patrick Cushman passa por nós.

— Peguei a receita com a cozinheira. Se um dia você quiser tentar fazer em casa.

— Dá pra fazer isso? — diz Kayla.

— Que esquisito. Quem sabe como fazer pizza? — Taryn finalmente levanta o olhar, tirando uma migalha de crouton da manga da sua blusa vermelha apertada. Seus peitos parecem que vão escapar. Às vezes eu queria que esta escola tivesse um código de vestuário.

— Aparentemente, ele sabe — digo, com uma olhada para Patrick.

Patrick sorri.

— Bem, eu não recomendaria. Não fica igual sem aquela piscina de gordura especial da LO por cima. — Ele segue em frente, indo sentar com os *geeks* do teatro. Pelo menos eu acho que são *geeks* do teatro. Um deles está fazendo uma imitação barulhenta de Will Smith em *Independence Day.* Patrick parece achar divertido. Quero dizer para ele não estimular essa estupidez, porque só serve para aumentá-la. Em vez disso, sou atingida na cabeça por uma batata frita.

Levanto o olhar e vejo Brady em pé ali.

— Quer uma batatinha? — pergunta ele, sorrindo para mim. Ele se senta na ponta distante da mesa e estende a mão para pegar outra batata frita de Jason no prato dele.

— Ei, cara, isso era meu! — grita Jason, cobrindo-as de maneira protetora. — Você não pode ficar jogando minhas batatas por aí!

Nos últimos dois dias, tenho evitado Brady com sucesso, porque ele teve treinos extras de lacrosse, reuniões na hora do almoço e um jogo importante ontem à noite. Eles venceram, e agora ele está todo arrogante.

— Hmmm, não. — Decido ignorá-lo e volto minha atenção de novo para Kayla, que está dissecando o enrolado de salsicha como uma médica legista no meio de uma autópsia.

— Do que é feita a "salsicha" desse enroladinho? — Kayla franze o nariz com a ideia.

— Nem tente entender — respondo. — Só vai te fazer sofrer.

Taryn olha para Brady.

— Vocês foram incríveis ontem à noite. — Ela dá um sorriso afetado. Lanço um olhar penetrante para ela. Sério? Ela vai babar no talento atlético dele? O código das garotas está obviamente morto.

— Senti falta do meu amuleto da sorte, mas acho que sou tão incrível que não preciso dele. — Ele aponta para mim com a cabeça. Finjo que o homus é a coisa mais interessante do mundo. Tem pimentas vermelhas. E cominho. E algum outro tempero com gosto de...

— Posso sentar aqui pra você me parabenizar e pra gente conversar sobre o vestido sexy que você vai usar no Baile da Primavera? — pergunta Brady. Ele está adorando ter o público de Jason e seus amigos e todas as outras pessoas na nossa mesa. Taryn me dá uma cotovelada, e eu suspiro. Às vezes é simplesmente mais fácil deixar as coisas voltarem ao normal do que tentar mudá-las.

— Claro. — Dou de ombros.

Brady se levanta e se aproxima, colocando a bandeja na minha frente. Sobre ela há uma Coca Zero e uma salada enorme com molho vinagrete. Ele nunca come queijo nem carboidratos nem bebe Coca normal. Ele parece uma garota, nesse sentido.

— Oi, Tabs — diz ele, baixinho. Eu finalmente levanto o olhar. Ele está usando uma camisa azul que faz seus olhos parecerem o céu em um dia de verão perfeito.

— Sentiu saudade de mim? — pergunta ele. Porra. Ele tem um sorriso lindo.

— Sentiu saudade de *mim?* — retruco.

— Muita — responde ele e joga um picles em mim. Jogo outro nele. E aí Kayla joga um em Jason, e Taryn arremessa uma colherada de homus em um pobre nerd sentado a outra mesa, e alguém atira outra coisa, porque é isso que acontece quando você dá início a algo que parece tão divertido. Todos se juntam porque têm medo do que vão perder se não se juntarem.

MOE

28 DE MARÇO

Minha tia fica me enchendo para convidar amigos para virem na nossa casa. Não sei por que ela quer tanto isso. Na última vez em que Alex e Janet vieram aqui, nós derramamos tinta de cabelo L'Oreal Superior Preference vermelho-escuro intenso no chão enquanto Alex estava pintando meu cabelo, e a Tia B ficou super-revoltada. E não se esqueceu disso, porque toda vez que passa pelo ponto no chão, ela murmura: "Maldita tinta de cabelo". Tento não deixá-la irritada, mas parece que eu sempre faço isso. Pelo menos meu cabelo ficou legal. Embora eu não possa dizer a mesma coisa sobre aquela grande mancha vermelha no tapete da sala de estar.

O fato de ela insistir para eu chamar amigos provavelmente significa que Marc andou dizendo a ela que não gosta dos meus amigos ou que eles não são bons para mim, por isso ela está com receio de eu estar usando drogas, ou alguma coisa assim, e quer ficar de olho. Meio que acho divertido, por isso coço constantemente o nariz quando ela está por perto. Ontem até deixei uma nota de um dólar enrolada na bancada da cozinha com açúcar de confeiteiro. Ela me chamou de espertinha. Quero dizer para ela relaxar, mas não é necessário ser um gênio para notar que, quando você diz isso para as pessoas, normalmente tem o efeito oposto e elas ficam hostis. Eu queria que ela tivesse mais senso de humor, assim como ela provavelmente queria que eu tivesse uma personalidade totalmente diferente.

TABITHA

PODE APOSTAR

— Quer ir na minha casa ver *Top Model?* — Taryn me pergunta. Ela adora ver *reality shows* na TV. Ela é Geração Kardashian até o fim. Acho que você deve admirá-las por ganharem dinheiro com peitos, bundas e uma necessidade desesperada de atenção, mas parece que existe mais coisa na vida do que linhas de perfumes e contratos de propaganda. Não me sinto culpada por roubar um perfume ou outro da Khloe ou da Kim ou jeggings da Kristin Cavallari; todas elas roubaram horas da minha vida por ordem da Taryn.

Mas não hoje. Hoje tenho de pagar penitência pelos meus pecados no Ladrões de Loja Anônimos. Minto e digo a Taryn que estou fazendo um curso de preparação para o SAT[4].

— Eca. Sinto muito — diz ela, e não pressiona para obter mais detalhes. Conforme previsto.

Quando minha mãe me deixa lá, roubo sua água vitaminada de

4. N.E.: Teste de aptidão escolar comum nos Estados Unidos, muito parecido com o ENEM brasileiro.

limão e lima e peço para ela mandar um e-mail para o Jeffrey e ver se é possível eu ficar no curso por menos tempo do que o necessário.

— Por que você está pedindo isso? — diz ela.

— Porque é chato, e tem umas pessoas da minha escola lá com quem não quero conviver.

— Tudo bem — diz ela. — Mas, nesse meio-tempo, por que você não tenta tirar o melhor dessa situação?

Isso significa que ela não vai mandar um e-mail para Jeffrey.

Saio do carro e entro sorrateiramente no prédio, passando pelas reuniões do AA, do Al-Anon e do Fumantes Anônimos, desço para o porão e me sento em uma cadeira na última fileira.

Imediatamente me enterro no Facebook pelo celular.

— Boa tarde, meus amores!

Sou chutada para fora do meu devaneio de atualizar o status pela voz animada de Shawn.

— Tabitha, você pode fazer o favor de desligar o celular?

Obedeço enquanto ela inicia um "exercício de identificação e participação em grupo". Como se quisesse enfatizar a humilhação, ela me coloca no grupo com Moe e Elodie. Juntamos nossas cadeiras de um jeito constrangedor enquanto Shawn acrescenta:

— E, Harold, por que você não fica com elas também? — Um cara que parece ter uns noventa e cinco anos se levanta lentamente e começa a arrastar a cadeira até nós.

Shawn grita:

— Moe, você pode ajudar Harold?

Moe pega a cadeira da mão de Harold e a levanta sobre a cabeça, depois a abaixa, praticamente esmagando o meu pé. Lanço um olhar de raiva. Ela nem parece notar.

— Quero que vocês conversem com os colegas de grupo — diz Shawn — e compartilhem exatamente por que estão aqui e quais arrependimentos vocês têm por terem sido pegos.

Mantenho a cabeça baixa e me amaldiçoo por ser idiota o suficiente para olhar o blog com Alexa Chung usando aquela pulseira Maya Brenner.

Moe pigarreia.

— Meu arrependimento é que eu não deveria ter arrombado o carro de uma pessoa e roubado seus CDs — diz ela, dando de ombros. — Eu nem tenho um CD player. — Ela olha para Elodie. — O que você roubou?

— Coisas da Fred Meyer — diz Elodie, baixinho.

— Tipo o quê?

— Não sei... bala de alcaçuz, despertador, camisinhas...

— *Camisinhas?* — Eu praticamente cuspo a água vitaminada.

Moe ri.

— Maravilha.

— Posso precisar delas — diz Elodie na defensiva.

— Por que você roubaria camisinhas? — pergunto, genuinamente curiosa. Essa garota não irradia atividade sexual.

— Ela provavelmente roubou pra fazer sexo — diz Moe. — Dã.

— Com quem? — retruco. Obviamente, ela nunca roubou camisinhas. Não que ela pareça uma quadrada total, mas garotas que já fizeram sexo têm uma aparência diferente das que não fizeram. Não que eu já tenha feito muito e seja algum tipo de especialista. Mas já fiz o suficiente para pelo menos saber o que estou perdendo e o que não estou perdendo.

— Você tem namorado? — pressiono.

— Ah, quer dizer que é obrigatório ter um relacionamento sério pra trepar com alguém? — pergunta Moe.

Harold ronca, e nós olhamos para ele. Ele está dormindo profundamente na cadeira. Acho que conversas sobre controle de natalidade adquirido ilegalmente não interessam a ele.

— E *você?* — diz Elodie, irritada. — O que foi que você roubou?

Droga. Era exatamente isso que eu queria evitar. Desconhecidas totais sabendo da minha vida. Mas quer saber? Pelo menos estava roubando alguma coisa mais empolgante do que camisinhas que iam virar pó na minha bolsa.

— Uma pulseira de grife. — Dou de ombros, indiferente.

— Por que você precisa roubar alguma coisa? Você não é rica? — pergunta Moe.

— Não é da sua conta — retruco.

Moe olha para Elodie.

— Ela provavelmente só se esqueceu de mostrar o AmEx preto do papai. Ou isso ou ela está dizendo que roubou uma coisa cara pra poder parecer fodona.

Elodie e Moe trocam um sorriso, como se estivessem rindo de mim.

— Ótimo — digo. — Vamos provar isso, então.

Moe ri.

— Que diabos você está falando?

— Exatamente o que eu disse. — Olho furiosa para ela.

Elodie olha de uma para outra.

— Depois da aula vamos roubar as melhores coisas que pudermos — continuo. — Depois nos encontramos no Pizzicato e comparamos as anotações.

Harold ronca de novo. Desta vez, é tão violento que ele acorda.

— Onde estou? — pergunta, genuinamente confuso.

— Você está no Ladrões de Loja Anônimos com um monte de garotas que finalmente vão se divertir — diz Moe, depois olha para mim. — Seus amigos frequentam o Pizzicato, então talvez seja melhor nos encontrarmos no Roxy.

Ela tem razão.

— Ótimo — digo. — No Roxy, então.

Elodie olha para nós.

— Estou dentro.

— Dentro do quê? — pergunta Shawn, passando pela nossa mesa nesse exato momento.

— Estamos nos identificando uns com os outros. Certo, pessoal? — Moe nos dá um sorriso presunçoso.

— Certo — acrescento.

— É fato — diz Harold, orgulhoso por ser incluído.

— Excelente — diz Shawn e se afasta, satisfeita com nosso crescimento pessoal e totalmente alheia ao que vai acontecer.

ELODIE

POWELL'S

Passeio pela meca literária
que é a Powell's,
um lugar tão grande que deve empregar metade da cidade.
É famosa por não deixar os ladrões escaparem
com nada maior do que um clipe de papel,
mas estou disposta a encarar o desafio.
Coloco *Poemas reunidos de Emily Dickinson*
e *A vida é uma meleca de sopa,* de Jenny Valentine,
embaixo de uma cópia de *The Merc*
e pago por um marcador de livros de beija-flor
e dou um sorriso doce
para a garota no balcão
e passo pelos sensores,
que não disparam,
já que eu tirei todas as tiras magnéticas dos livros...
mas aí eu paro.

Merda.
Se isso é uma guerra
de quem é a mais fodona,
uma garota que roubou dois livros
não vai exatamente
ganhar.

TABITHA

O ROXY

Estou sentada em uma poltrona com estampa de oncinha a um metro e meio de distância de um Jesus crucificado. Seus pés estão pendurados sobre uma jukebox.

— Jesus amado — solto. As paredes cor-de-rosa brilhantes estão começando a me deixar tonta.

— Eu gosto porque a coroa de espinhos é feita de luzes — diz Elodie, mordendo um pedaço do seu Quentin Taratum, que é basicamente atum derretido em pão de centeio com um nome ridículo. Dividimos um Lorde das Fritas, mergulhado em queijo apimentado. As calorias não contam se você estava roubando lojas.

Depois de tomar um grande gole de Dr Pepper, Moe aponta e pergunta se eu conheço alguém aqui.

— Tipo quem? — pergunto. As únicas pessoas aqui são um cara com corte moicano e um punhado de hipsters esqueléticos de vinte e poucos anos sentados no canto.

Ela dá de ombros.

— Eu só queria ter certeza de que você estava a salvo da vergonha de ser vista com a gente.

— Eu nunca disse que sentia vergonha — digo de repente.

— Mas você não sente? — pergunta Elodie, curiosa.

— É óbvio que ela sente. — Moe enfia uma batata frita na boca, depois se vira para mim.

Tanto faz. Agora só quero ganhar essa ideia furiosamente idiota de concurso e ir embora. Puxo uma camisa verde Betsey Johnson e um minivestido com alças.

— Betsey Johnson. Admirem e chorem.

Elodie mexe no vestido com um murmúrio impressionado. Moe abaixa a mão e pega sua bolsa, espalhando um monte de coisas sobre a mesa.

Elodie inspira fundo.

— Uau.

Moe levanta um monte de camisinhas sabor cereja.

— Bala de alcaçuz, quem quer?

Elodie lança um olhar para ela, e Moe dá de ombros.

— Posso precisar delas pra fazer sexo *de verdade*.

Mostro um par de algemas cor-de-rosa felpudas e ergo uma sobrancelha.

— Essas são pra você — me diz Moe. — Você usa cor-de-rosa, certo?

— Uso. — Dou um sorriso forçado. — Obrigada.

Elodie pergunta:

— Onde você conseguiu todas essas coisas?

Moe dá de ombros.

— Na Spartacus.

— Você entrou na *Spartacus?* — Tenho de admitir que estou impressionada. E um pouco diminuída. É uma sex shop repleta de velhinhos vestidos de couro e amantes de pornografia. Uma vez o

Brady me desafiou a entrar lá, mas não consegui. Muito DNA de pervertidos na área.

— Se você fosse pega lá, eles provavelmente iam te vender pra ser escrava sexual — digo com uma fungada.

— Sou a última pessoa que eles querem pegar. Eles estavam ocupados demais tentando impedir um cara de colocar o pênis dentro de uma boneca inflável.

— Eca. — Elodie parece traumatizada.

— Aonde *você* foi? — pergunto a Elodie.

Ela parece envergonhada, depois estica a mão para a cadeira ao lado dela, colocando o sobretudo na mesa e tirando um livro de ficção e um livro de poemas dos bolsos.

Pego *Poemas reunidos de Emily Dickinson.*

— A srta. Hoberman não nos mandou ler isso uns meses atrás?

Elodie faz que sim com a cabeça. Depois tira uma carteira perfeita. É chique e preta, com uma fivela dourada linda.

— Também fui na Coach — diz ela com modéstia.

— Isso custa, tipo, quatrocentas pratas! — Ofego. Não consigo evitar.

— Eu sabia que essa garota era encrenca — diz Moe.

— Como você conseguiu isso? — pergunto.

Ela dá de ombros.

— É uma vantagem de ser boazinha. Ninguém suspeita que você vai fazer alguma coisa ruim.

Enquanto eu a encaro, com o queixo caído, Moe de repente solta:

— Ai, porra.

Nós nos viramos para ver o que Moe está encarando: um cara alto, com o rosto esburacado, o cabelo ralo e um sorriso muito sinistro. Apesar de ser magro, ele é musculoso e parece forte.

— É o cara da boneca inflável! — sussurra Moe.

— É ele? — Estou meio assustada.

— Não olhem pra ele! — sibila Moe, e nós nos viramos de volta.

— Ele tentou me levar pro fundo da loja com ele — diz ela, parecendo apavorada. — E me disse que, se eu não fosse, ele ia chamar a polícia e dizer que eu estava roubando.

Elodie entra em pânico.

— O quê?!

— Ele está vindo pra cá! — diz Moe. Elodie entra em pânico, agarrando o meu braço.

— Devemos gritar? — Estou realmente preocupada de perder a cabeça.

Pelos olhos de Moe, dá para ver que ele está quase aparecendo atrás do meu ombro.

— Ai, meu Deus! — grita ela.

Ofegamos e nos viramos. E vemos uma menininha atrás de nós.

Elodie sopra o ar, tentando recuperar o fôlego. Moe se dobra de tanto rir.

— Sua babaca! — digo.

Moe aponta.

— Parece que ele vai comprar uma torta. — O cara magrelo está sentado em um nicho, fazendo um pedido para a garçonete e parecendo totalmente benigno.

Moe começa a rir tanto que derruba metade do sanduíche no colo.

— Você está com Taratum na calça — diz Elodie, apontando.

— Quer dizer que ele não falou nada disso pra você na sex shop? — Não acredito que ela inventou essa merda.

— Claro que não — diz ela. — Nunca vi esse cara na vida.

— O *quê?* — Não acredito que ela enganou a gente desse jeito.

— E não tinha nenhuma boneca inflável — acrescenta Moe. — Bem, não era inflável, de qualquer maneira. Mas foi uma história muito boa, né?

Dou um soco no braço dela, derrubando meu milk-shake e fazendo uma bagunça nojenta, mas devo dizer que, apesar de querer matá-la, tenho quase certeza de que eu não dava tanta risada assim havia uns seis meses.

ELODIE

TESOURO ENTERRADO

Semana passada apareceu uma notícia
sobre uma escultura roubada
no valor de sessenta milhões de dólares
que a polícia encontrou enterrada em uma caixa
na floresta.
O ladrão tinha colocado no solo anos antes
por proteção
até que finalmente ficou com tanto medo de ser pego
que decidiu se entregar.
Ele levou as autoridades até a floresta
e observou
enquanto eles escavavam seu prêmio.

Conto isso a Tabitha e Moe
descendo a Stark Street, com o roubo na mão,
e concordamos

que talvez o ladrão tenha se sentido orgulhoso
quando eles tiraram a estátua;
finalmente tinha conseguido contar a alguém
o seu feito,
finalmente tinha conseguido confessar o crime
em todos os detalhes gloriosos,
finalmente tinha percebido que roubar sozinho
pode te enlouquecer,
a solidão de uma vitória pode te acometer
e talvez a única coisa
que a torna válida
é ter alguém com quem compartilhar.

MOE

8 DE ABRIL

Elodie ficou surpresa quando eu disse que já tinha lido *A vida é uma meleca de sopa*. Tabitha disse que não tinha lido, então Elodie deu a ela o exemplar. Ficar com elas no Roxy foi mais divertido do que ouvir Alex detalhar um plano para invadir a casa de um nerd, mas não era como se fôssemos muito, muito amigas ou alguma coisa assim. Obviamente, não contei sobre Noah nem que gosto de ler enquanto tomo banho. Não é da conta delas. Acho que, se elas estivessem julgando um livro pela capa, a minha também seria diferente do que está por dentro.

TABITHA

VAPORES

É uma daquelas raras noites de primavera de Portland em que não está frio demais, por isso, abro as janelas do carro no caminho para casa. Penso em Elodie pegando aquela carteira da Coach e em como foi divertido correr pela rua em bando, como se estivéssemos em fuga, como se fôssemos criminosas de verdade.

Paro no sinal e olho para o carro ao meu lado. O cara que está dirigindo sorri para mim. Ele parece um cafetão. Ele provavelmente *é* cafetão. Uma vez eu li que Portland tem mais cafetões e boates de strip *per capita* do que outros lugares; mas, por outro lado, nunca passei muito tempo em nenhum outro lugar, então como posso saber se isso é verdade?

Dou um sorrisinho em resposta. Não importa. Um cafetão não vai me seguir até em casa e me obrigar a casar com ele. Por outro lado, talvez ele fizesse isso. Fico aliviada quando ele entra em uma rua lateral. Dirijo pela Southshore, os pinheiros apontando para o céu escuro, lembrando a todos que passam que, mesmo que você esteja enraizado no chão, o único lugar para onde realmente pode crescer é para cima.

Mais tarde naquela noite, quando a chave da minha mãe vira na fechadura, vou até a cozinha para encontrá-la.

— Como foi sua noite? — pergunto quando ela entra. Seu delineador está todo manchado e descamando.

— Ah, foi ótima, querida — diz ela, abrindo uma água vitaminada e bebendo a vitamina B12. É sua cura preferida para ressacas, não cura muito, mas ela jura que sim. Ela pega uma multivitamina, e Deus sabe quais sais minerais e comprimidos anti-idade para complementar, e engole tudo. — Como foi sua terapia de grupo?

Dou de ombros.

— Não é terapia de verdade, mas não importa.

— Quer dizer que você não vai mais roubar lojas, certo?

— Eu pareço idiota? — ridicularizo, apesar de odiar mentir para ela, ainda mais quando ela está toda descabelada e meio solitária ali na minha frente.

— Você não devia pegar tão pesado comigo. — Ela começa a ficar chorosa.

— Não estou fazendo isso! — digo, depois penso *Que inferno,* me aproximo e dou um abraço de boa noite nela. Seus dedos ficam nas minhas costas por um segundo, como um vapor flutuando sobre uma bebida quente que acabou de ser colocada em um copo congelado.

— Te vejo de manhã — digo. Com os olhos marejados, minha mãe assente e sorri para mim, me fazendo desejar ter saído do cômodo mais cedo ou ter deixado de lado a parte do abraço, mas o que se pode fazer? Às vezes é legal ser legal.

ELODIE

COQ AU VIN

Esta noite no jantar, meu pai me pergunta
como está indo o programa.
Dou uma garfada no *coq au vin* de Jenna,
que ela fez com uma receita da aula de culinária francesa,
o que é esquisito, porque ela mal sabe fazer uma salada,
então como pode estar aprendendo a fazer comida francesa?
Ele me pergunta se eu acho que roubar uma loja valeu
a decepção e a vergonha
e eu mastigo e mastigo
o mesmo pedaço de frango
e ele diz que não sabe por que
eu roubaria
quando ele trabalha tanto para eu poder comprar
tudo que precisar ou quiser
e Jenna interrompe para perguntar
se alguém quer mais *poulet*

e, embora eu mal consiga engolir
o pedaço de coxa infinito
que estou mastigando e mastigando,
digo: *Sim, por favor!*
e, pela primeira vez, a comida da minha madrasta
tem gosto de salvação.

MOE

9 DE ABRIL

Ver Noah dando em cima de Kayla Lee no estacionamento não me irrita tanto quanto achei que irritaria. Passei direto por ele. Sei que me viu, e tenho certeza de que se perguntou aonde eu estava indo. Gosto do fato de ele não saber o que faço depois da aula. Ele simplesmente fica me mandando mensagens de texto perguntando aonde vou. Até agora, os palpites dele são:

1. Em treinamento para um concurso de beleza (hahaha, ele sabe que eu acho o Miss América a coisa mais perversa do mundo);
2. Aulas de canto;
3. Aulas de tricô.

Hoje ele me mandou uma mensagem que dizia: "VOCÊ É ESPIÃ?". E eu respondi: "VOCÊ NUNCA VAI SABER".

TABITHA

FLOR

Quando Brady me vê no corredor antes do almoço, não parece feliz. Saímos juntos uns dias atrás depois da aula, mas conversei o mínimo possível. Quando ele liga, mando quase todas as ligações para a caixa postal, mas é bem difícil evitar totalmente o contato quando meu armário é ao lado do dele, e meus amigos são amigos dele. Leva tempo e coordenação, como ser ladra.

Ele me pega quando estou indo para a lanchonete.

— Oi.

— Oi. — Sorrio, mas parece uma careta.

Brady me olha furioso.

— Qual é o seu problema?

— O que você quer dizer? — Dou de ombros, fingindo ser o mais inocente possível, apesar de estar me sentindo o mais culpada possível.

— Você está agindo de maneira quente e fria por, sei lá, um mês... Que diabos? Por que você está tão esquisita?

Não consigo impedir uma risada. Às vezes eu rio quando fico nervosa. Acho que é um mau sinal quando seu namorado te deixa nervosa.

— E agora você está rindo de mim?! — Ele parece muito puuuuto.

— Não! — digo, mas outra risada escapa. Devo parecer uma pessoa à beira da histeria. Brady se aproxima e agarra o meu braço, apertando. Com força.

— Ai! — grito, puxando o braço. Estremeço e olho para baixo. Uma marquinha vermelha surge no meu tríceps.

— Dane-se — diz ele. E se vira e vai embora.

Eu o observo indo embora e me pergunto se uma garota normal teria beliscado ele também. Ou gritado. Mas qual é o sentido disso? Eu estaria fazendo mais uma cena.

Fico parada ali por um segundo antes de me virar e andar roboticamente em direção à lanchonete enquanto a marca no meu braço se espalha e vira uma coisa feia.

DIVERSÃO

Mesmo depois de comprar meus biscoitos cream cracker com molho vegetariano, não consigo parar de tremer. Vou para a biblioteca para comer meu lanche em algum lugar distante de todo mundo. Fico dizendo a mim mesma: *Isso acontece nos relacionamentos — as pessoas machucam acidentalmente umas às outras. É uma ocorrência comum.*

Passo por Keith Savage e Zoe Amato apoiados nos armários. Zoe seca os olhos, e vejo que ela andou chorando, mas está fingindo que não. No início, acho que é só mais um casal brigando e fico enjoada, até perceber como Keith a está encarando, depois estende a mão e toca no ombro dela. É delicado, como se ele fosse pedir desculpas por dizer ou fazer alguma coisa errada — provando, acho, que, mesmo quando as pessoas brigam, elas ainda são capazes de se amar. Esse tipo de amor me dá vontade de chorar, então continuo andando.

Passo por todos os cartazes do Baile da Primavera que prometem diversão, diversão, diversão!!! Eles só me deixam ainda mais estressada. A última vez em que beijei Brady perto dos armários e realmente curti foi há mais de quatro semanas, e ele me perguntou de que cor era o vestido que eu ia usar no baile. Mas não há motivo para pensar nisso agora, porque dar espaço para isso na minha cabeça só torna o buraco no meu estômago ainda maior.

Jogo meus biscoitos cream cracker e meu molho vegetariano no lixo e decido ir mais cedo para a aula da srta. Hoberman. Enquanto estou a caminho da sala, passo por Moe saindo de lá. Ela deve ter aula no quarto período com ela ou algo assim. Ela está com uns maconheiros que estão fazendo muito barulho.

— Que diabos é uma *villanelle*? — pergunta um cara cheio de espinhas com cabelo moicano. — É algum tipo de pílula pra virar zumbi?

A outra garota, com cabelo loiro descolorido e piercing no nariz, ri.

— Eu quero uma pílula pra virar zumbi. Tipo agora. — Acho que o nome dela é Alex. Eu me lembro porque, no ano passado, ela foi acusada de atear fogo na mochila da Taryn. Não um fogaréu nem nada assim, mas o suficiente para fazer o diretor proibir isqueiros e fósforos dentro da escola.

Quando Moe passa por mim, nossos olhos se encontram por um segundo, e ela pisca. Nenhum dos amigos dela parece perceber. Ela continua andando em uma direção, e eu, na outra. Estranhamente, é a única coisa que me faz chegar um pouco mais perto de me sentir melhor.

PARTE 4

“Talvez a gente salve o mundo uma bugiganga de cada vez.”

ELODIE

FOFOCAS

No ônibus para o centro da cidade,
eu me sento ao lado de Rachelle, que está fofocando
sobre qual garota chupou qual cara
e qual jogador de futebol americano tem o pau maior
e quem está namorando e quem está terminando,
porque ela diz que é sua missão como editora
saber os segredos sujos de todo mundo.

Ela sai para ir
até a parte de trás do ônibus
para pegar um trecho com Samantha sobre a
viagem de Shakespeare
para a página "Saídas & Passeios".
Às vezes eu acho que ela usa o anuário como desculpa
para falar com pessoas que não
dedicariam a ela um tempo do seu dia.

De certo modo, não a culpo;
estamos todos em uma expedição para sermos notados —
exceto talvez Moe,
roncando abertamente seis assentos na minha frente.

Quando Rachelle volta,
ela está agitada porque
Samantha a apresentou a Tabitha Foster,
"que foi uma babaca total".
Ela não é babaca, digo sem pensar,
e Rachelle retruca: *Como você sabe?*
e eu disfarço e digo: *Faço uma aula com ela.*
Ela pergunta qual aula.
Se eu fosse fofoqueira, diria:
Uma aula para pessoas que roubam,
e Rachelle ia morrer de felicidade
porque é um segredo sujo que ninguém sabe.
Mas simplesmente dou de ombros e respondo: *Geometria II*, e
Rachelle diz:
Bem, confia em mim: ela é babaca,
e eu digo: *Você provavelmente está certa,*
porque percebo que, com Rachelle,
se você não tiver uma maldade para falar,
ela não quer ouvir nada.

TABITHA

NINGUÉM

Encontro meu assento no teatro ao lado de Taryn, que está enterrada no celular.

— Pra quem você está mandando tantas mensagens de texto? — pergunto, olhando por sobre o ombro dela.

Ela esconde a tela.

— Ninguém — responde.

Lanço olhares afiados como uma espada para ela. Não sei quando foi que ela achou que podia falar comigo desse jeito.

Tem uns sessenta alunos da LO aqui no teatro, misturados com umas centenas de pessoas da idade dos meus pais. O salão tem pequenos balcões e poltronas vermelhas e paredes douradas. Algumas pessoas sorriram para nós quando entramos, como se aprovassem o fato de sermos alunos culturalmente avançados.

Ajeito meu vestido, um Nanette Lepore que roubei da Souchi alguns meses atrás quando estava fazendo compras com a minha mãe. Foi arriscado roubar quando ela estava a três metros de distância, mas essa foi só metade da diversão. Além disso, ela não estava totalmente consciente do que acontecia ao seu redor.

Olho para os pequenos balcões antes de ver Elodie sentada a quatro fileiras na nossa frente. Ela está com outra garota do anuário, tirando fotos do antigo cinema barroco com sua câmera. Moe está sentada bem na minha frente. Se eu semicerrar bem os olhos, quase consigo ler o que ela está escrevendo no caderno... algo que ela provavelmente não vai curtir. Embora ela seja mais tranquila em relação a isso do que Taryn foi quando tentei ler seu celular. Ela foi bem babaca. Mas acho que, não importa o que aconteça, Taryn e eu temos uma história juntas. Por pior que pareça.

Quando as luzes se apagam, a srta. Hoberman parece extasiada. As pessoas com idade para serem meus pais, em seus ternos e vestidos, começam a bater palmas. Afundo na poltrona enquanto a cortina vermelha sobe e se abre. Não consigo evitar a sensação de que o que vai acontecer não é bom. Já li a peça, e todo mundo sabe que é uma tragédia.

MOE

15 DE ABRIL

Por que temos de ler uma peça e depois sentar para assistir a uma apresentação nojenta dela? Eu me sinto mal pelos idiotas que estão no palco, porque esse será o auge da carreira de ator deles. Felizmente, posso escrever observações aqui sobre definitivamente ter sentido cheiro de peido no saguão e agora tenho quase certeza de que Mercúcio está de pau duro. Dá para imaginar ficar duro no palco? Eu seguiria como se não me importasse, mas por dentro estaria arrasada. Existem milhares de coisas irritantes em ser garota, mas pelo menos não temos que lidar com uma ereção fantasma. Escrevi um bilhete em um pedaço de papel e joguei discretamente para Tabitha, mas acho que ela não entendeu a piada. Escrevi: "Mercúcio está prestando uma continência completa". Ela pareceu confusa. Depois que eu explicar, tenho certeza de que ela vai achar engraçado. Ou talvez ela fique chateada por eu ter tentado dar um bilhete para ela em público, mas quem se importa. Alguém precisa reconhecer o meu humor, e pode muito bem ser ela.

ELODIE

CORADO

Depois que a peça acaba, a srta. Hoberman reúne todo mundo
— exceto Keith Savage e Zoe Amato, que saíram para se beijar,
e Heather Rardin e Oliver Montone, que provavelmente estão
fazendo mais do que isso em algum canto —
e faz um solilóquio virtual
sobre os temas da peça,
como destino *versus* livre arbítrio e o poder do amor
e a passagem do tempo
e o indivíduo *versus* a sociedade,
e como a sociedade e a sua família
querem que você se comporte de um jeito
apesar de seu coração dizer
para você agir diferente.

. . .

Depois ela consegue um programa
autografado por todos os atores
e fica corada quando o cara que interpretou Mercúcio
coloca o braço ao redor dela para tirar uma foto,
e, quando Patrick Cushman tenta ver o programa,
ela dá um tapa na mão dele.
Ela diz que precisa plastificá-lo
e depois nós poderemos vê-lo.
Claramente, esta é sua nova propriedade preciosa
entre todas as propriedades preciosas.

Quando tiro uma foto para o anuário,
Moe faz chifres com as mãos sobre a cabeça de Patrick,
e eu tento não rir.
Acho que, se houvesse um indivíduo contra a sociedade,
provavelmente seria ela.

TABITHA

MODERADAMENTE CATIVANTE

No ônibus para casa, Patrick Cushman distribui chiclete. Quando ele me pergunta se eu quero, digo que não. Chiclete é uma decepção. Parece que o sabor nunca dura mais do que um minuto. Sempre te deixa querendo mais.

— Ele só está tentando te impressionar — diz Taryn, olhando furiosa para Patrick. — Porque ele disse que roubou da 7-Eleven.

— Ele roubou? — pergunto. Isso é uma surpresa.

— Parece que sim. — Taryn revira os olhos. — Só idiotas roubam de lojas — debocha ela.

Fico feliz por nunca ter contado a ela sobre as minhas atividades extracurriculares. Uma vez, quando eu estava bêbada, fiquei tentada a contar para a Kayla, mas aí ela começou a contar uma longa história sobre sair com um hippie que ela conheceu na Lewis & Clark e que ela estava apavorada de ter pego herpes do cara. Assim, o momento passou, e não toquei mais no assunto. Agora, garotas que eu nem percebia três semanas atrás sabem mais de mim do que algumas das minhas amigas. Quando Moe tentou chamar minha atenção esta noite, no início fiquei irritada. Depois, durante o resto da peça, fiquei intermitentemente tentando descobrir o que diabos ela havia escrito. Aposto que era engraçado.

Patrick Cushman se inclina na minha direção.

— É de melancia. Tem certeza de que não quer?

— Tá — digo, pegando um com relutância. Ele sorri, e eu pergunto: — E aí, valeu o risco?

Ele parece um pouco surpreso pela pergunta.

— Pra ser sincero, nunca roubei nada na vida. Foi um acidente que estou maquiando como ato criminoso pra dar a impressão de que sou o máximo.

Dou um sorriso. Ele é bem bonitinho, na verdade. Braços e pernas esguios. Olhos verdes com algum brilho. Ele não é sarado como Brady, mas tem mãos bonitas. Vejo um flash dele colocando meu suéter nos meus ombros naquele dia enquanto saíamos do consultório da enfermeira depois do meu problema com o jogo de queimada. Ele podia estar me perseguindo, mas foi do jeito mais cavalheiro possível.

— Não sei se "o máximo" se aplica a isso. Talvez "moderadamente cativante"?

Ele ri.

— Aceito essa.

Tiro a embalagem do chiclete que ele me dá e coloco na boca.

— *Hmmm*. Definitivamente valeu a pena.

— Aqui — diz ele. — Guarda um pra depois. Eles sempre perdem o sabor rápido demais.

Ele volta para se juntar aos amigos, e o observo se afastar. Taryn está me encarando como quem diz *Que porra é essa?*, então eu simplesmente ligo meu iPod e me concentro em fazer o sabor de melancia durar o máximo possível.

MOE

16 DE ABRIL

A Tia B estava trabalhando no turno da noite no hospital, então Marc estava me esperando quando cheguei em casa da peça.

Quando se trata de irmãos, ele não é mau, apesar daquela vez em que eu tinha sete anos de idade e ele fez a gente se perder naquela viagem "secreta" de esqui, da qual só ele sabia, na Mount Hood Meadows. Foi pouco antes dos nossos pais sofrerem o acidente. A patrulha de pista teve que ir nos procurar. Quando finalmente voltamos para o alojamento, nossos pais estavam muito putos, porque milhares de pessoas morrem lá em cima. Normalmente trilheiros, mas mesmo assim. Eles até nos obrigaram a ficar na cabana o fim de semana todo, e nossa mãe não nos deixou beber chocolate quente. Eu adorava chocolate quente, por isso parei de falar com Marc por uma semana, até ele usar todo o dinheiro da mesada para comprar três caixas de cacau em pó com mini marshmallows e eu perdoá-lo.

Eu realmente não tinha muito para falar sobre a peça, mas Marc não se importou. Ele simplesmente gosta de saber que estou em casa antes de ir dormir.

TABITHA

CRACK

Quando Moe entra no Ladrões de Loja Anônimos, ela para na minha cadeira.

— Reunião depois? — ela me pergunta. Faço que sim com a cabeça, e ela diz: — Legal. Vou falar com a Elodie.

Ficamos sentadas ali durante uma hora e quarenta minutos enquanto Shawn nos mostra um filme educativo antigo sobre os perigos do roubo de lojas. Winona Ryder aparece fazendo serviço comunitário e falando que é errado roubar. Ela está usando um vestido vintage fofo e brincos de diamante minúsculos. Ela não parece superarrependida, apesar de só falar que está muito arrependida. Você acha que, por ela ser atriz, ia querer agir de um jeito mais humilde; mas, por outro lado, se alguém me obrigasse a fazer um vídeo depois de eu ser pega roubando lojas, provavelmente estaria absurdamente irritada.

Depois do filme, Shawn faz um de seus esforços para conduzir uma discussão produtiva.

— Já falamos sobre "mecanismos de alívio", não é? Bem, o problema de aliviar a sua questão com a cleptomania é que isso simplesmente precisa ser ativado várias vezes. Então você tem que descobrir o que está *causando* o seu comportamento para não *precisar* do comportamento.

Por que tudo que Shawn diz parece latim? Eu queria que não fosse assim, porque talvez eu aprendesse alguma coisa.

— Sim, Gina?

— Comecei a fumar. Você acha que isso é um bom mecanismo de alívio? — pergunta Gina.

— Preciso de um mecanismo de alívio pra me afastar da Gina — sussurra Moe.

Tento não rir, porque Gina meio que me lembra a minha mãe de um jeito esquisito. Esperanças e sonhos fracassados e tal.

— Bem, você precisa ter cuidado para não substituir um vício por outro; mas, se você continuar trabalhando e sendo sincera em relação às suas questões, já está indo na direção certa — diz Shawn. Tenho de reconhecer: a mulher consegue transformar qualquer pergunta em uma Experiência de Aprendizado Positiva.

Depois da reunião, encontro Elodie e Moe na máquina de Pepsi no corredor.

— Cara, a Gina vai acabar usando crack antes desse programa acabar — diz Moe.

— Você acha? — pergunta Elodie, preocupada.

— O que mais ela tem a fazer? — indaga Moe, tomando um grande gole de refrigerante, depois faz uma careta e levanta a garrafa contra a luz. — Mais alguém acha que esse refrigerante Mountain Dew é venenoso? Quero dizer, parece xixi de gato.

— Talvez você devesse dar um pouco pra Gina — sugere Elodie, bem quando Shawn se aproxima.

— Oi, meninas — diz ela, cheia de sorrisos.

Todas nós meio que sussurramos um "olá", e ela diz:

— Acho ótimo vocês estarem apoiando umas às outras. É uma parte muito importante do trabalho.

— Super — diz Moe, com um sorriso plácido no rosto. Elodie parece que vai cair na gargalhada. Shawn franze a testa. A última coisa que eu quero no mundo é ter de fazer esse programa de novo só por causa da Moe, então eu digo de repente:

— Tive que lidar com o vício do meu pai durante um tempo, por isso eu concordo com essa coisa do sistema de apoio.

— Sério? — Shawn passa de preocupada a intrigada.

Faço que sim com a cabeça.

— Claro.

— Bem, obrigado por compartilhar isso. — Ela toca no meu cotovelo com compaixão, parecendo feliz com esse progresso. Ela faz um sinal de positivo para todas nós com a cabeça e se afasta pelo corredor, a franja da sua roupa enfeitada de contas balançando de um jeito alegre.

Elodie olha para mim, curiosa.

— Seu pai é viciado em quê?

Penso por um segundo.

— Hmmm, vaginas?

— Ninguém pode ser viciado nisso — diz Elodie. — Pode?

— Cara, existe tipo Viciados em Amor e Sexo Anônimos do outro lado do corredor — diz Moe. — Então é óbvio que pode.

— Tenho quase certeza de que ele está no Trepa com Quem Quiser o Tempo Todo Anônimos — digo.

— Seus pais são divorciados? — pergunta Elodie.

— Não. Casados e felizes, de acordo com minha mãe.

— Ela não sabe que ele a trai? — pergunta Moe.

— Claro que ela sabe. Só não quer admitir pra si mesma.

As meninas me encaram por um segundo, e finalmente Moe observa:

— Não admira você ser tão ferrada.

Quero mandá-la calar a boca, mas é bom me abrir sobre essas coisas. Os segredos têm mais poder se estiverem enterrados em uma caixa, então pode ser bom desenterrá-los e exibi-los.

— Vocês querem ir na minha casa? — pergunta Moe. Ela olha para mim. — Minha tia diz que eu deveria convidar pessoas com mais frequência. Obviamente, ela acha que eu sou tão ferrada quanto vocês.

ELODIE

ESPIÃS COMO NÓS

Quando saímos da reunião,
Moe fez uma piada dizendo que talvez estejamos sendo
secretamente recrutadas pela CIA,
e talvez Shawn seja uma agente de alto nível
enviada para encontrar novos recrutas,
e nós fomos as escolhidas.
Talvez a gente aprenda a guardar segredos de estado
e contrabandear microchips
e seduzir os caras malvados.
Talvez a gente salve o mundo
uma bugiganga
de cada vez.

TABITHA

A TAREFA

— Então, vocês se divertiram vendo *Romeu e Julieta?* — pergunta Elodie. Estamos indo para o centro da cidade passando pela Pioneer Courthouse Square, onde todo tipo de gente está aproveitando o dia quase ensolarado. Um cara está batendo em tubos de plástico como se fossem tambores.

— Não foi tão ruim — sugere Moe. — Espero que a srta. H tenha conseguido o número daquele cara. O ereto. Acho que ele poderia ter um impacto positivo na vida dela. — Ela faz um movimento de mexer os quadris, e Elodie solta um gritinho agudo.

— Ela deu pra vocês uma tarefa de escrever uma lembrança idiota sobre a sua família? Ou foi só na nossa turma? — pergunto.

— Deu. Irritante. O que eu tenho pra dizer? — Moe dá de ombros, pegando um pedaço de carne seca de peru na bolsa.

— Confie em mim, tenho muita coisa pra dizer sobre os meus pais — digo. — Eu só não quero dizer essas coisas em uma tarefa na aula da srta. Hoberman.

— Então vocês já escreveram? — Elodie pergunta a nós duas.

— Não. E não planejo escrever.

— A única coisa que eu consigo escrever é no meu diário. Quando tento escrever um trabalho de escola, fica uma bosta — diz Moe.

— Gosto de escrever poemas — diz Elodie.

— Dã. Você é totalmente o tipo poético — provoca Moe, engolindo a carne seca de peru com um gole de Red Bull antes de acrescentar: — Poemas são bobos.

— Não são, não! — Elodie parece ofendida. — O que você acha que são todas as boas músicas? Poesias.

— Uma boa música é uma boa música. Um poema é só um poema — retruca Moe.

— Não sei nada de poemas, mas eu leio blogs — digo. — Você já entrou no daquela garota de Chicago que tem a nossa idade?

— Blogs de adolescentes: também são idiotas — diz Moe.

— Não, é bom, confie em mim. — Não sei por que estou me preocupando em convencer uma pessoa que é uma vândala conhecida sobre a validade de um site famoso, então mudo de assunto. — Vamos pegar umas coisas e nos encontramos aqui depois.

— Vinte minutos? — pergunta Elodie.

— Mal dá tempo — reclama Moe.

— Seja macho — Elodie manda em resposta. Ela tem colhões surpreendentes. E aí ela fica vermelha. — Desculpa. Meu pai costumava dizer isso.

— Vejo vocês depois — digo. Moe suspira e sai em uma direção, Elodie e eu vamos em outra. Se ao menos a pobre Shawn soubesse que esses dez por cento específicos da população definitivamente não estavam controlando suas tendências de roubar lojas; mas, pelo contrário, aumentando as chamas o máximo possível...

ELODIE

VERMELHO

Tudo bem, vamos ver o que você tem,
digo para Tabitha.
Estamos esperando Moe no nosso local de encontro,
em frente à escultura de um cara sentado em um banco.
As pessoas sempre surtam porque, apesar de ele ser de bronze,
sempre acham que ele é de verdade.
Tabitha abre a bolsa
e tira um vestido vermelho Prada da Mario's.
Você deveria pegar um desses, diz ela.
Não é exatamente o meu estilo, mas eu gosto de vermelho.
Vermelho significa sexy e misteriosa
e perigosa
e tudo que eu não costumava ser
mas agora estou me tornando.

A CORRIDA

Moe aparece correndo e sem fôlego: *Temos que ir!*
Ela sai em disparada.
Merda!, diz Tabitha, e saímos apressadas atrás de Moe,
que sai correndo da praça
e vira a esquina
e sobe a escada de uma garagem de estacionamento,
até nos arrastar para trás de um Prius
coberto com adesivos de esquerda,
tipo, SEJA VERDE OU VÁ EMBORA
E ARIZONA INJUSTO.
Nós nos agachamos, ofegando,
e, depois de um segundo, Tabitha espia
atrás do para-choque
e diz: *Eles foram embora?*
Quem?, pergunta Moe.
Quem estava nos perseguindo, responde Tabitha, irritada.
Ah, isso, comenta Moe. *Eu só estava verificando se vocês conseguiam correr rápido.*
Tabitha olha para ela.
Vaca!
Moe sorri.
Você sabe que me ama.

CHIADO, ESTALO E POP

Chiado, estalo e pop.
Estamos no VLT indo de Pioneer Place até Pearl,
um distrito de lojas elegantes construídas sobre os restos
de armazéns abandonados.
Eu queria que a gente tivesse um meio de transporte mais digno.
É uma pena a gente não saber roubar carros, diz Moe.
Ela está certa.
Fazer ligação direta provavelmente é bem superior
a sentar em bancos de plástico no MAX
ao lado de um velho usando boina
que parece mais assustado conosco
do que nós com ele.

Chiado, estalo e pop.
Tiro uma foto
de Moe quando ela se vira e olha por sobre o ombro
me mostrando o dedo do meio.
Aponto a câmera para Tabitha,
que sorri como uma garota bonita em piloto automático.
Não precisa sorrir, digo
e ela parece confusa
e eu clico o obturador.
Melhor.

Estamos quase lá, diz Moe.
Eu me inclino na direção do Velho de Boina
e pergunto: *Você pode tirar uma foto da gente?*
Ele pega a câmera
e tira nossa foto.

Essa foto nunca vai estar em um anuário
porque quem sabe como nós três
parecemos juntas?
E isso não faria nenhum sentido para ninguém,
mas ao menos temos uma prova
de que esse momento existiu.

Esse é o nosso lugar, diz Moe na SW Tenth.
Acho que ela está certa:
esse é o nosso lugar,
não importa quem somos.
Nós nos espalhamos
como pássaros voando livres,
chiado, estalo e pop
todas em bando.

TABITHA

PERDENDO AS PENAS

Na casa de Moe, a primeira coisa que percebo é o papagaio laranja e azul na cozinha. O pobrezinho tem tão poucas penas que chega a ser careca em alguns pontos.

— Seu papagaio tem alopecia ou alguma coisa assim? — pergunto.

— Minha tia diz que é porque Marc deixou ele doidão uma vez e ele começou a arrancar as penas. Mas acho que ele simplesmente nasceu com TDAH ou TOC ou alguma coisa assim — explica Moe.

— Talvez seja um mecanismo de alívio — diz Elodie.

— Obrigada, Shawn. Seu *insight* é superprofundo — diz Moe enquanto sobe, fazendo sinal para irmos também.

O quarto de Moe é surpreendentemente legal: uma cama tamanho *queen* com uma coberta roxa, e papel de parede estrelado, e algumas fotos emolduradas na cômoda. Uma delas deve ser dos pais, que estão com sorrisos enormes no rosto com duas crianças pequenas em frente a uma casa. Quando Elodie pergunta, ela diz:

— Somos nós quando éramos crianças. Meus pais morreram quando eu tinha sete anos.

— Minha mãe morreu — diz Elodie.

— Sério? — Moe olha para ela, surpresa.

— Dois anos atrás. É uma droga. Meu pai se casou de novo.

— Sua madrasta é legal? — pergunta Moe.

Elodie dá de ombros.

— Ela tem mania de ser saudável. É meio irritante.

— Ué, você queria que seu pai se casasse com alguém que não fosse saudável? — pergunto.

— Não, é que parece que ela quer jogar na minha cara que minha mãe teve câncer. Como se ela dissesse: "Eu nunca vou ter câncer porque sou um modelo de saúde".

— Acho que você pode estar exagerando — sugiro.

— Ou — acrescenta Moe — talvez sua madrasta esteja tentando cuidar de si mesma pro seu pai não perder outra esposa.

— Ela tem vinte e nove anos — diz Elodie. — Ela não vai morrer de repente de leucemia.

— Só estou falando. — Moe levanta a mão. — Dá um tempo pra vagabunda.

Elodie revira os olhos.

— Não tenho a menor ideia de por que meu pai trocaria minha mãe por *aquilo*.

— Bem, talvez ele não quisesse uma réplica exata — diz Moe. — E seria bem errado se ele quisesse, né?

Elodie desvia o olhar, cedendo.

— Além disso — acrescenta Moe —, você não queria que o cara ficasse sozinho pra sempre, né?

Fico impressionada com os poderes intuitivos de Moe. Pego a foto para ver os pais de dela e, quando estendo a mão, Elodie aponta para o meu tríceps.

— O que aconteceu no seu braço?

— Eca. Que horror — diz Moe.

Elas encaram a escoriação azul-escura. Por um segundo, penso em mentir. Depois percebo que estou matriculada em um programa de reabilitação no qual dizem que falar a verdade supostamente ajuda a controlar seus hábitos ruins.

— Foi uma coisa com Brady.

Elas me encaram por um minuto, antes de Elodie entender.

— Ele fez isso com você?

— Foi só um beliscão.

— Eu sabia que esse cara era um babaca — diz Moe.

— Como você sabia? — retruco.

Moe desvia o olhar e dá de ombros.

— Tenho um excelente detector de babacas.

— Ele já fez isso antes? — Elodie toca no meu braço. Não quero responder, mas me lembro que, no Baile de Volta às Aulas, no outono, Brady ficou chapado e me acusou de dar mole para Greg Devorian. Greg estava me contando sobre uma viagem de escalada para Wyoming que ele fez no ano anterior.

Eu tinha feito escalada uma vez com a minha família no Colorado uns seis anos antes, e foi uma das poucas vezes em que todos nós interagimos muito bem. Meu irmão, Jake, me contava histórias de fantasmas toda noite, e fizemos corridas na colina do hotel. Minha mãe e meu pai se aninhavam no quarto do hotel, e meu pai ensinou Jake e eu a pescar.

Pela primeira vez, estávamos distantes de tudo, fazendo "coisas de família", e foi legal.

Quando Brady saiu do banheiro, ele me viu conversando com Greg, se aproximou e me puxou com força para longe. Ele tinha ciúme do Greg desde que os caras do time de lacrosse começaram a chamar Greg de "Cavalo" por motivos que envolviam seu tamanho anatômico e largura. Garotos e seus egos muito, muito frágeis. Por um segundo, tive uma esperança ingênua de que o Cavalo pudesse me defender ou alguma coisa assim, mas ele rapidamente recuou, desaparecendo na multidão.

Foi aí que o peso tóxico da minha reputação ficou claro. Eu era namorada de Brady, e ele podia fazer o que quisesse comigo, mesmo que isso significasse retorcer o meu braço em um baile diante de metade da escola. Greg Devorian pode ter um pau grande; mas, naquele momento, não teve colhões.

— Isso é, tipo, abuso — diz Elodie em tom mais baixo depois que eu conto a história.

Pela primeira vez, Moe está calada, me analisando com os olhos castanhos contornados por delineador líquido preto. De repente, ela salta até a mesinha e mexe no iPod.

— Eu sei o que vai te animar — diz ela. O som de uma música da Katy Perry começa a sair dos alto-falantes em cima da mesa.

— Isso é sério? — Elodie ri.

— Ué, por quê? É sério, sim — diz Moe. Ela começa a dançar de um jeito hilário e sem ritmo, o cabelo vermelho-cereja voando para todo lado.

— Katy Perry é uma droga — comento.

— Como é? — Moe fala como se fingisse estar ofendida enquanto pula e se remexe.

Elodie concorda comigo com um movimento da cabeça.

— Ela é muito chiclete.

— O que há de errado com chiclete? — pergunta Moe.

— Achei que seus amigos góticos drogados ouviam *death punk* ou *speed metal* ou qualquer coisa assim.

— Bem, eles ouvem, mas eu adoro minha música pop — diz Moe. — Você pode me culpar quando ouve essa música? — Ela se remexe de novo. — Vamos lá! Dancem!

Olho para Elodie, que dá de ombros e se levanta, dando uma bundada em Moe. E, de repente, Moe, Elodie e eu estamos dançando a música chiclete que toca alta ao nosso redor. E, no fim das contas, não é tão ruim.

ELODIE

SONHO DE ADOLESCENTE

Tabitha está gargalhando
porque Moe está dançando o Jerk.
Começo a dançar o Dougie
e bem nessa hora
um cara passa pela porta aberta.
Ele tem uns anos a mais do que nós, talvez,
e é alto e tem cabelo liso
e uma camiseta do Led Zeppelin
e olhos castanhos infinitos
e olha direto para mim
e Moe grita:
Sai daqui!
E ele olha para mim
e diz: *Belo Dougie,*
e sai.
Quem era?, pergunta Tabitha.

Meu irmão, diz Moe,
e elas continuam dançando.
Tento me mexer,
mas estou congelada ali
porque, tirando Brady Finch,
eu nunca vi
um cara tão lindo
em todos os meus
sonhos de adolescente.

TABITHA

MÚSICAS

Descemos a escada quicando, ainda cantando aquela música da Katy Perry. Sem música para acompanhá-la, Moe soa como um bode moribundo, mas não parece se importar. É meio incrível como ela consegue agir como uma idiota e se sentir totalmente confortável com isso. Andei tão apegada à minha necessidade de privacidade que senti que não podia ser eu mesma, tinha de ser o que todo mundo esperava que eu fosse. Mas aqui posso ser qualquer pessoa.

Enquanto estou calçando botas, Moe me interrompe.

— Espera. Isso é pra você — diz ela, me dando um CD. — Gravei enquanto a gente estava ouvindo. Você precisa ter sua própria cópia.

Olho para o CD, que diz "músicas-chiclete". É a primeira vez que alguém *faz* alguma coisa para mim em muito tempo. Quando eu era criança, tinha um cavalo de pau no quarto que meu pai fez para mim, mas sempre tive uma suspeita secreta de que ele tinha comprado em uma loja de brinquedos. Mas eu provavelmente só estou paranoica.

— Obrigada — digo.

— Não deixe ninguém te flagrar escutando o CD, porque podem pensar que você tem mau gosto.

— Quem se importa? — digo. E é verdade.

MOE

PLAYLIST DA MOE: MÚSICAS-CHICLETE

"Believe It or Not" — Joey Scarbury
"Raise Your Glass" — Pink
"Born This Way" — Lady Gaga
"Crazy in Love" — Beyoncé & Jay-Z
"Crazy for You" — Madonna
"Girlfriend" — Avril Lavigne
"I Gotta Feeling" — The Black Eyed Peas
"Toxic" — Britney Spears
"Can't Get You Outta My Head" — Kylie Minogue
"Since U Been Gone" — Kelly Clarkson
"Teenage Dream" — Katy Perry
"Human Nature" — Michael Jackson
"When I Grow Up" — The Pussycat Dolls
"I Love Rock 'n' Roll" — Joan Jett and The Blackhearts
"Hollaback Girl" — Gwen Stefani

"Empire State of Mind" — Jay-Z & Alicia Keys
"Glory of Love" — Peter Cetera

ELODIE

RODODENDROS

Enquanto caminho pela entrada de carros de Moe,
passando pelos rododendros malcuidados
e pelos gerânios que
parecem estar no fim da vida,
lá está o irmão de Moe,
sentado na bicicleta
como se estivesse esperando alguma coisa.
Oi, diz ele.
Ah, oi. Estou indo embora, digo como uma idiota. *Estou atrasada.*
Para quê? Ele sorri. *Tem um encontro sexual?*
Quero dizer alguma coisa ousada,
mas sei que vai sair como uma bobeira,
então digo: *Talvez.*
Eu estava certa.
Saiu como uma bobeira.

. . .

Cara de sorte, diz ele, o que significa que definitivamente está
zombando de mim.
Mas aí olha direto no meu olho,
no meu nervo ocular,
no centro do meu córtex cerebral,
e eu me sinto tão tonta quanto se tivesse acabado de roubar um
despertador da Hello Kitty
ou uma carteira da Coach.

Entro em pânico. *Tchau!*
Eu me viro de repente e vou embora,
passando pelos rododendros
que agora parecem pedras preciosas cor-de-rosa,
e pelos gerânios,
que de repente parecem esperançosos
e perolados e recentemente aguados,
vivos e cheios de ideias sobre o que está por vir.

MOE

20 DE ABRIL

Quando contei à Tia B que chamei umas amigas para irem lá em casa, ela deu um show, falando que estava muito feliz por eu ter novas amigas. Ela olhou para Marc e perguntou: "O que você acha? Conheceu as meninas?". Ele não respondeu de verdade e murmurou alguma coisa, o que é esquisito, já que ele costuma ter opinião sobre tudo. Normalmente é uma opinião idiota, mas é uma opinião. Aí ela me perguntou se eu conhecia Tabitha e Elodie da escola e respondi que sim e ela perguntou de qual aula e Marc também parecia curioso. Menti e respondi Estudos Sociais, porque eu não podia contar a verdade verdadeira para eles. Eles não sabem do roubo de lojas porque, quando fui pega, falei para os seguranças da loja que eu era órfã, e eles ficaram com pena de mim. Apesar de ser verdade, me senti desprezível por mentir sobre isso. Mas sabia que a Tia B ficaria preocupada. Ela e Marc já se preocupam o suficiente comigo. Então, a loja concordou em me matricular na aula como punição e, se eu fosse a todas as aulas, eles não dariam o telefonema.

Marc diz: “Achei que você não tinha aula de Estudos Sociais este semestre”, e eu disse: “Tenho, sim”, e ele me olhou de um jeito estranho, mas aí a Tia B sugeriu que fôssemos comer no Zeppo, coisa que não fazemos há semanas, então tudo está bem quando acaba bem, como a srta. Hoberman gosta de dizer.

TABITHA

NO CORREDOR

Quando saio da aula de Escrita Criativa, acompanho a correria de alunos andando de uma aula para outra, todos conversando sobre o Baile da Primavera. Bem apropriado, porque parece um dia perfeito de primavera, ensolarado e claro. As chuvas de Portland deixaram tudo verde, e as flores perto do ginásio estão começando a brotar. É um daqueles bons momentos do ensino médio em que todo mundo parece em sincronia e, para variar, as pessoas não estão sendo irritantes.

Quando dobro a esquina, vejo uma massa conhecida de cabelos vermelho-cereja e olhos contornados com delineador preto. Ela está vindo na direção oposta. Nossos olhares se cruzam, mas o fluxo de tráfego nos empurra, até Moe levantar a mão. Por um segundo, acho que ela vai acenar para mim, mas ela me mostra o dedo do meio e segue em frente.

Não consigo impedir uma risada, porque sei que ela está brincando, e Sarah Crowder, uma aluna entusiasmada do segundo ano que está ali perto bebendo água no bebedouro, levanta o olhar de um jeito alegre, achando que eu estava rindo ou sorrindo na direção dela. Eu poderia corrigir sua suposição totalmente errada, mas simplesmente faço um sinal com a cabeça. Dou uma alegria à pobre garota. Infelizmente, ela entende isso como um convite para se aproximar.

— Oi, Tabitha! Como estão as coisas? — ela cantarola.

— Tudo ótimo. Como você está?

— Estou bem. — Depois acrescenta: — Ouvi dizer que você e Brady terminaram.

Olho para ela e quase quero dizer que ela é uma vagabunda burra e que não sabe merda nenhuma da minha vida, porque Brady e eu não terminamos, e quem diabos disse isso? Quero dizer isso bem alto e com raiva, mas aí me lembro que é um dia de primavera perfeito e decido: *Por que devo estragar isso para outra pessoa?*

— Não falo com ele há alguns dias — digo, simplesmente relatando a verdade. — E tudo bem.

— Sério? — diz ela, parecendo ainda mais surpresa do que eu me sentia. — O que aconteceu?

— Ah, você sabe... meio que esfriou. — Dou de ombros, percebendo que, se todo mundo está fazendo fofoca da minha vida, eles podem muito bem saber da história real.

— Bem — diz ela —, não sei se é legal dizer isso, mas acho que você merece coisa melhor.

Penso por um segundo, depois digo:

— Obrigada, Sarah. Agradeço por isso. — As amigas dela estão observando, esperando para perguntar todos os detalhes da nossa conversa. — Te vejo por aí — acrescento, sorrindo para ela e para as amigas quando passo, porque não há nada de errado em espalhar um pouco de alegria de vez em quando.

MOE

21 DE ABRIL

Hoje, na aula de História Europeia, Noah se aproximou durante a aula do sr. Sussman sobre a Guerra Mundial Sei-lá-qual e me perguntou o que eu ia fazer mais tarde. Falei: "É segredo" e me virei de novo para o sr. Sussman como se aprender sobre batalhas fosse a coisa mais importante da minha vida. Noah não tem amigos nesta aula, então acho que ele pensou que não tinha problema me dar um tapinha no ombro e perguntar isso. Tem uma coisa em relação a ele só querer falar comigo quando não tem mais ninguém por perto que está ficando cada vez mais irritante. Embora não seja justo ficar com raiva dele, já que não estou com raiva de Tabitha e de Elodie por não anunciarem nossa amizade para todo mundo. Mas eu não me agarro com Tabitha nem com Elodie, então acho que essa é a diferença.

ELODIE

SESSÃO DE FOTOS

Todos vocês estão lindos, diz Rachelle
ao time de lacrosse,
reunido para a foto do anuário.
Rachelle está "supervisionando" a foto,
mas tudo o que ela quer é um tempo com Dustin Diaz.
Tiro cinco fotos rápidas, e os jogadores se dispersam.
Conseguiu uma boa?, pergunta Rachelle, e eu faço que sim com a cabeça.
Ela corre até Dustin como um atacante correndo para o gol.
Oi! grita Brady Finch para mim.
Ele está dando uma gravata em Jason Baines.
Tira uma foto de mim dando um chute na bunda do Jason.
Rachelle me lança um olhar do tipo *Bela sessão de fotos!*,
então não tenho escolha.
Coloco o olho na lente,
mas, quando o obturador dispara,

o que eu vejo não é um espécime perfeito da anatomia humana;
é meramente o retrato de um babaca.
Então eu me viro e faço uma coisa
que nunca pensei que faria.
Dou meia-volta e me afasto
de Brady Finch.

TABITHA

REFEITÓRIO

— Esses peixes empanados estão nojentos — diz Kayla, franzindo a testa enquanto morde um. Sentamos à nossa mesa com Samantha Bartle e outros conhecidos.

— Então não coma — digo.

— Não sei nem identificar *qual é* o tipo de peixe. — Ela cutuca o peixe.

Bem nesse momento, Taryn se senta e me dá um sorriso falso.

— Oi, T, qual é a boa? — cantarola.

Se tem uma pergunta que realmente odeio é "Qual é a boa?". É uma não pergunta. Pelo menos, "Como você está?" oferece um tópico que você pode responder com facilidade: "Estou bem", "Estou puta", "Estou ótima", "Nada bem" etc. "Qual é a boa?" exige que as pessoas vasculhem o cérebro tentando listar todas as coisas que podem ser "a boa". É trabalho demais para uma pergunta tão simples, e me revolta.

Decido ignorar totalmente a pergunta.

— Cavala — digo para Kayla.

— O quê?

— Aposto que o peixe é cavala.

Kayla os analisa, confusa.

— Eu nem sei o que é cavala.

— Então, como eu disse, não coma.

Kayla suspira.

— Quando é o dia da pizza? Eles nunca mais fizeram pizza. Lembra que o Patrick ia ensinar a gente a fazer pizza?

Neste momento, vejo Brady entrar no refeitório. Ele está vindo na nossa direção, então eu me levanto rapidamente.

— Aqui — digo para Kayla. — Coma meu homus. É feito de grão-de-bico.

Pego rapidamente minha bandeja e vou em direção à porta dos fundos, fazendo o que espero que seja uma saída digna, mas sem me importar se é tão digna. A única coisa que ouço é Kayla dizendo:

— Que porra é grão-de-bico?

CINZA-CLARO

— O que você acha: o cinza-claro ou o salmão? — minha mãe me pergunta. Ela está sentada à mesa da sala de jantar usando um vestido, sapatos de salto alto e brincos de argola de diamantes. Ela folheia um catálogo da Restoration Hardware enquanto me sirvo de uma tigela de cereais Special K para jantar.

— Para quê? — pergunto.

— Para as novas persianas da sala de estar. Elas precisam de uma melhoria.

A porta da frente se abre e meu pai entra, usando um terno listrado e carregando sua pasta executiva. Ele dá um sorriso tenso quando nos vê.

— O que você acha, Jacob? Cinza-claro ou salmão? — Mas meu pai já passou por nós e está indo direto para a inviolabilidade do quarto.

— Querido? — minha mãe chama. — Lembra que temos um jantar com os Underwood? Eles querem conhecer aquele novo restaurante indiano no centro da cidade.

— Preciso voltar para o escritório — diz meu pai. — Só vim em casa para pegar uma muda de roupa.

Minha mãe assente e volta para o catálogo.

Ficamos sentadas em silêncio enquanto ele caminha no andar de cima e, alguns minutos depois, ouvimos ele descer, e a porta da frente se fecha com um clique delicado.

Eu me sinto como se não houvesse nenhum lugar em que eu pudesse estar onde não haja um macho babaca poluindo o espaço.

— Acho que podemos comer alguma coisa aqui — diz minha mãe. — Vou ligar pra Rachel e cancelar. Ela vai entender.

Eu a encaro. Seu rosto antes lindo agora tem pés de galinha no canto dos olhos e rugas ao redor da boca. Ela ainda é bonita, e seu cabelo loiro parece liso e perfeito como sempre, mas ela está sufocando o óbvio.

— De verdade, mãe. Sério?

Ela levanta o olhar para mim.

— O quê?

— Aonde ele está indo?

— Ele foi trabalhar. Você não ouviu ele dizer isso?

— São sete e meia da noite. — Não consigo acreditar que ela consegue viver em um estado ilusório tão absurdo.

— Acho que a sala da frente deve ser mais discreta — diz ela. — Salmão é cafona. Vou escolher o cinza-claro.

ELODIE

OLHO BOM

Passo pelo escritório do meu pai
no caminho para o andar de cima.
Coloco minha cabeça na porta
e digo: *Oi, como foi sua apresentação?*
Ele parece surpreso e diz: *Foi bem.*
Obrigado por perguntar.
Ele é tão formal
que é difícil dizer o que está pensando
ou se está se divertindo ou não quando fala,
mas acho que deve estar
porque pergunta como está indo o anuário
e eu pego minha câmera e
mostro algumas fotos para ele.

...

Você tem um olho bom, diz ele.
É uma coisa que minha mãe costumava dizer.
Ela amava fotografia
tanto quanto amava filmes
e, acho, tanto quanto ela me amava
ou tanto quanto ela o amava.
Nossos olhares se encontram por um segundo
e ele diz: *Você deve sentir muita falta dela.*
Não quero falar sobre isso
então saio, dizendo: *É melhor eu voltar pro meu dever de casa.*
Ele diz: *Te vejo no andar de baixo,*
e nos separamos
como amigos,
ou seja como for
que você queira chamar.

MOE

22 DE ABRIL

Hoje, depois do Ladrões de Loja Anônimos, pegamos o ônibus para Multnomah Village, para ir ao Vinyl Monkey. A loja acabou de abrir ao lado da Switch Shoes na Capitol Highway, e é um bom local para ficar de bobeira, já que ninguém mais liga para discos e as pessoas que vão lá são mais velhas e legais. Também seria um bom lugar para roubar, só que não é exatamente fácil guardar um LP embaixo da blusa e passar despercebida. Peitos lisos e quadrados seriam meio óbvios. Além do mais, a dona é muito legal. Ela tem uns cinquenta e poucos anos e usa batas havaianas coloridas e, de algum jeito, consegue deixá-las estilosas. Além dos tamancos laranja que ela calça, sua melhor qualidade é um amor genuíno por músicas pop. Para Alex e Janet, qualquer música pop ou movimento corporal diferente de bater cabeça que uma música possa inspirar é considerado um erro social colossal. Não sei por que elas são tão contra dançar, mas isso é chato. Hoje, a dona aumentou muito o volume da música, e nós dançamos pela loja. Gostei muito de fazer o movimento Sprinkler, e Elodie e Tabitha se mostraram promissoras com o movimento Washing the Car.

No caminho de volta para Nob Hill, o nome do Marc surgiu, e Elodie ficou toda vermelha. É óbvio que ela está a fim dele. Só conheci duas garotas que ele namorou, mas ele terminou porque disse que queria uma garota de bom coração. Apesar de eu não conhecer Elodie tão bem, eu diria que, se alguém se encaixa no perfil de "bom coração", esse alguém provavelmente é ela.

ELODIE

TODAS AS OUTRAS PESSOAS

Depois da loja de discos,
vamos até a MAC em Nob Hill
e Tabitha diz: *Vamos pegar uns cílios postiços.*
Por que íamos querer isso?, pergunta Moe.
Porque, explica Tabitha,
você pede para eles colocarem os cílios em você
depois pede um pouco de corretivo
e um pouco de delineador
e pronto,
você ganhou uma maquiagem de graça.

Enquanto o cara arruma meus cílios,
não consigo evitar de pensar
se Marc vai me achar bonita.
Tabitha nos deixa lá e, depois de um tempo,
volta com um par de brincos.

Um é uma estrela e o outro é uma lua.
Ela dá os dois para Moe.
Um agradecimento pelo CD com as músicas, diz Tabitha.
Moe sorri ao colocá-los nas orelhas.
Você roubou?
Tabitha responde: *É claro.*
Ela sabe que presentes roubados valem muito mais
do que os comprados,
por causa do que você teve que passar
para consegui-los.
Só temos mais três reuniões, diz ela,
então é bom fazermos nossa mágica enquanto ainda podemos.
Acho que esse foi o jeito dela
de dizer que, quando isso acabar,
está acabado.

FALANDO EM CÓDIGO

Você está bonita,
me diz Jenna quando volto para casa,
e eu digo: *Obrigada,* mas o que eu realmente quero perguntar é:
"Isso é um código para 'Normalmente você está feia'?"
Mas não pergunto.
Qual é o evento?, pergunta ela.
(Código para: "Você realmente tem uma vida?")
Respondo: *Nenhum evento. Eu saí com uns amigos.*
(Código para: "Vá se foder muito.")
Amigas ou amigos? ("Eu adoro xeretar.")
Amigas, digo. ("Precisamos mesmo continuar com essa conversa?")
Ah, que legal, diz ela. ("Você é uma perdedora.")
Conheço as duas do Ladrões de Loja Anônimos, acrescento.
("Sou uma criminosa perigosa, então não brinque comigo.")
Como está Rachelle?, pergunta ela. ("Achei que você só tinha uma amiga.")
Dou de ombros e digo: *Bem.* ("Podemos parar de conversar agora?")
Tem algum garoto de quem você goste na escola?, pergunta ela.
("Existe uma possibilidade remota de você um dia ter um namorado?")
Na verdade, não. ("Eu te contaria, se tivesse?")
Eu te chamo quando o jantar estiver pronto, diz ela. ("Eu desisto.")
Está ótimo, digo. ("Nós nunca, jamais seremos amigas, então pare de tentar.")

MOE

24 DE ABRIL

Hoje, no estacionamento, vi Noah entrar no carro dele, pensei DANE-SE e fui até ele. Eu estava prestes a dizer “oi” quando ele disse: “Você está me confundindo com outra pessoa?”. E aí vejo que Kayla Lee e outra garota já estavam sentadas no banco traseiro, me encarando.

Fiquei muito puta. Quando cheguei em casa, o papagaio ficou gritando como se sentisse a minha dor. Mais ou menos meia hora depois, a campainha tocou, e era Noah. Tentei bater a porta na cara dele, mas ele me impediu e disse: “Aqui”, e me deu uma barra de Kit Kat. Uma porra de Kit Kat?! Ele começou a dizer alguma coisa, mas bati a porta na cara dele. Depois, fiquei parada ali, com o coração batendo muito rápido. Esperei alguns minutos, depois abri a porta da frente. Ele tinha ido embora, mas deixou a barra de Kit Kat no capacho. Temos um capacho muito idiota que diz “OI, SUMIDO!” com um esquilo de chapéu de caubói, e a barra estava bem no meio.

Percebi que esta era a primeira vez que ele tinha aparecido na porta da frente da minha casa. E eu estava prestes a jogar o Kit Kat no quintal quando me lembrei da primeira vez em que nos falamos, logo que me mudei para cá, quando estava no quarto ano. Eu estava sentada no meio-fio, dando um tempo de todas as merdas dentro de mim, e estava comendo um Kit Kat. Ele passou de bicicleta, parou e me perguntou se eu estava me mudando para lá. E eu disse: "Dã". Mas ele pareceu tão triste que me senti culpada e ofereci um pouco do meu Kit Kat. Ele comeu com um sorriso enorme e esse foi o começo do fim para mim e Noah Simos.

PARTE 5

"Por que todos os encontros com a única pessoa que eu quero impressionar parecem envolver humilhação?"

ELODIE

VIVER PARA SEMPRE

Vou com Jenna no New Seasons para comprar
água de coco e arroz integral,
isso sem glúten e aquilo sem parabeno,
e montes e montes de couve.
Jenna tem dez anos a menos que meu pai,
por isso está sempre comprando comidas
que vão fazê-lo "viver para sempre".
Acho que ela considera uma ida ao New Seasons
como uma das nossas muitas tentativas de conexão —
e todas elas fracassaram lindamente.

Quando saímos,
alguns caras de bicicletas BMX estão no estacionamento
em frente ao Great Clips.
Um deles está andando só no pneu de trás
e outro cara está andando mais rápido do que a maioria dos carros

e, quando ele passa correndo por mim,
vejo que é o irmão de Moe: Marc.
Esses garotos estudam na sua escola?, pergunta Jenna.
Respondo que sim, e ela diz: *Eles parecem encrenca.*
A psicóloga que me atendeu quando minha mãe morreu
chamaria isso de "projeção":
quando você diz que alguém é "encrenca"
é porque acredita que isso é verdade para si mesmo.

Tudo que eu sei é que Marc está fazendo algum tipo de truque
quando sobe em um daqueles negócios de cimento das vagas
e voa no ar
e, quando ele faz isso, pego minha câmera e tiro uma foto.
Jenna não percebe, e eu guardo minha Canon
e olho de novo para ele
e é aí que eu atropelo um carrinho,
que bate em outro carrinho,
que atinge outro carrinho,
e todos eles começam a rolar pela colina
e os ciclistas têm que sair do caminho.
Marc me vê parada ali,
e eu dou um Aceno Idiota #2
e rezo para que alienígenas invadam imediatamente a Terra
e me levem para outro lugar
para eu não ter de enfrentar a humilhação
da minha madrasta me ver
sendo observada por um garoto
que estou fingindo não ver.

TABITHA

REDECORAÇÃO

Por insistência da minha mãe, passamos o sábado todo tentando comprar um novo tapete para a sala de estar. Ela desistiu de salmão e cinza-claro e agora está indo na direção de azul-petróleo e dourado.

— Não sei por que você é tão obcecada por redecorar — digo. — Você não mudou tudo um ano atrás?

— Isso me deixa feliz — diz ela, mostrando o AmEx para pagar por um tapete persa de nove mil e trezentos dólares que complementa sua nova paleta de cores.

Isso a deixa feliz, mas me deixa um pouco doente. Se bem que quem sou eu para falar? Meu roubo de lojas provavelmente a deixa doente.

Depois disso, minha mãe sente fome. Vamos ao Fratelli no Pearl para almoçar, e ela pede o prato do dia e uma vodca com tônica. Quando o garçom está entregando as bebidas, vejo Kayla e Taryn vindo na nossa direção, cheias de sacolas de compras. Merda.

— Tabs? Como você está? — diz Taryn.

— Por onde você andou? — pergunta Kayla, me cumprimentando com um abraço.

— Só estava ocupada com o dever de casa — respondo. Não falo com elas há três dias. Desde que confirmei para Sarah Crowder que Brady e eu tínhamos "esfriado". A notícia se espalhou. Tenho evitado suas mensagens de texto intensas e me esquivado das duas nos armários.

— Nós te vimos ontem na MAC — diz Taryn, me olhando de lado. — Quem eram aquelas garotas que estavam com você?

— Ela não estava com vocês? — pergunta minha mãe, tomando um gole do drinque. Droga. Foi isso que eu disse a ela.

— Não, ela estava com, tipo — Taryn faz uma pausa —, pessoas que não conhecemos.

— Novas amigas! — Minha mãe bate palmas, empolgada.

Kayla olha para mim.

— Acho que já vi a do cabelo vermelho por aí.

Isso é um pesadelo.

— Não tenho a menor ideia. Nós nos conhecemos na aula de SAT. — Dou de ombros, tentando disfarçar.

— Você não retornou nossas ligações, por isso fomos comprar vestidos sem você. — Taryn me olha furiosa.

— Ela comprou um Miu Miu preto — acrescenta Kayla. — O meu é um Max Mara branco com bainha amarela. Tão sazonal, né?

— Vocês vão se arrumar lá em casa? — pergunta minha mãe. — Nós nos divertimos tanto no ano passado.

— Seria mais divertido ainda se eu não tivesse ficado menstruada naquela noite. Ensopei minha calcinha, lembra? — diz Kayla, se encolhendo.

— É, isso não foi legal — concordo.

— Não sei por que você optou pelo branco de novo. — Taryn revira os olhos para Kayla.

— Aah! Podíamos alugar uma limusine pra vocês! — Minha mãe se empolga.

— Podemos falar sobre isso depois? — pergunto a ela.

Taryn me encara com lasers de investigação no olhar.

— Você vai com o Brady?

Não tenho resposta, então simplesmente dou de ombros.

— Não tenho a menor ideia.

— Aceito mais um desses — diz minha mãe, levantando o copo vazio para o garçom que está passando.

— Uma limusine parece divertido — diz Kayla.

Taryn parece menos decidida e muda de assunto.

— Temos que ir. Vamos encontrar minha mãe e meu pai no estacionamento VIP. Me liga — diz ela, puxando Kayla enquanto ela acena em despedida.

Depois que elas vão embora, minha mãe me olha.

— Quem são as novas amigas que elas mencionaram?

Respiro fundo.

— São do programa de roubo de lojas.

— Ah. — Ela ergue uma sobrancelha, surpresa. — Quer dizer que você mentiu.

— É menos inconveniente desse jeito.

— Então, se contratarmos a limusine, você não ia querer que elas fossem também?

— Elas não são do tipo que anda de limusine.

Ela faz que sim com a cabeça. Depois diz:

— Bem, não importa. Seu pai acha que limusines são ostensivas, de qualquer maneira. Ele odiaria que eu gastasse dinheiro nesse tipo de coisa.

— E um tapete persa?

— Isso é diferente — diz ela, alisando o cabelo. — É um investimento. Uma limusine é uma frivolidade.

— Por que você está tão preocupada em não irritá-lo? Quem se importa? — retruco.

Minha mãe evita a pergunta. O garçom chega e entrega o novo coquetel.

— Você não fica chateada por ele te trair? — pressiono. Não consigo evitar. Simplesmente sai.

Ela me lança um olhar penetrante.

— Isso realmente não é da sua conta, Tabitha.

— Bem, ele é meu pai — digo bem alto. — Eu também moro lá.

— Shh! — sussurra minha mãe. Mas eu não me importo se alguém escutar, o garçom, o casal de velhinhos ao nosso lado ou até mesmo a ruiva esguia a duas mesas de distância. Eu a notei quando entramos. E não era a primeira vez que eu a via. Primeiro foi um ano atrás, em uma boate chamada Aura, em Burnside. Entrei escondida com Brady e alguns amigos dele. Brady tinha me arrumado a pior identidade falsa do mundo, e foi um milagre não sermos expulsos. Ele queria invadir a seção VIP, e foi isso que fizemos, e lá é que eu vi a ruiva, sentada com meu pai. Ela devia ter uns vinte e dois anos, no máximo. Eu estava meio bêbada por causa de uns shots de Jaeger que tínhamos tomado mais cedo no parque, então puxei uma garçonete e pedi para ela mandar um drinque para o meu pai. Fiquei olhando enquanto ela o levava até a mesa. Ela o entregou, eu vi a expressão dele e, quando a garçonete se virou para apontar para mim, perdi a coragem e fugi, deixando para minha imaginação a expressão totalmente confusa do meu pai enquanto ele encarava um Shirley Temple.

MOE

26 DE ABRIL

Na noite passada, Alex e Janet vieram me buscar. Minha tia estava trabalhando no turno da noite, então não ia me encher o saco por sair com amigas inadequadas. Noah estava em frente à casa dele. Ele me viu entrando toda arrumada no Chevy surrado da Alex, usando uma meia-calça arrastão. Olhei furiosa para ele, que me encarou também, parecendo meio chateado. Quando fechei a porta, Alex disse: "Bela meia arrastão. Eu não sabia que você curtia o visual de travesti puta". Eu ri, mas isso meio que magoou meus sentimentos. Normalmente sou eu que faço piada sobre as pessoas, e tenho de dizer que não gosto quando o jogo vira. Depois ela me perguntou quem era o carinha do lacrosse do outro lado da rua, e eu respondi que não sabia. E ela disse que os carinhas do lacrosse são ferramentas. Eu não queria estragar a noite, por isso deixei que ela e Janet falassem merda de "babacas como aquele". Fiquei me dizendo para ficar calma e calada, porque Noah não é da conta delas.

. . .

A festa era para uns caras mais velhos que Janet conhecia, que se formaram alguns anos antes e que, agora, basicamente traficam drogas. Alex tem uma queda por um dos caras, Gabe, e, quando estávamos ao lado da fogueira, tomando shots de uísque, o amigo de Gabe disse que eu era gostosa. Me virei para Alex e falei tipo: "Boa notícia: aparentemente, o visual de travesti puta está na moda. Talvez você devesse rever seu guarda-roupa de lésbica sem-teto". Tenho a sensação de que isso era uma fala da coragem líquida, então continuei bebendo e, quando percebi, não consegui mais encontrá-la, o que significava que ela tinha ido embora sem mim ou estava no andar de cima fazendo sexo com Gabe. Nenhuma das duas opções me agradava muito.

Um cara que parecia empolgado por causa de pílulas da felicidade se ofereceu para me dar uma carona para casa, mas eu tento evitar esse tempo a sós com estupradores. Eu não podia ligar para o Marc. Ele ia surtar. Isso deixava apenas uma pessoa legal e sóbria o suficiente para ligar no meio da noite.

ELODIE

SOS

SOCORRO! VEM ME PEGAR!!!!
Ninguém jamais me mandou mensagem de texto às 3h da manhã.
Encaro meu telefone,
tudo turvo, antes de enxergar que é Moe.
ONDE VC ESTÁ?, digito.
Ela responde: FELONY FLATS.
Fico deitada ali, pensando na minha fuga,
depois finalmente me levanto, calço o chinelo,
e saio escondida do meu quarto
usando a luz do celular
como um pequeno sabre de luz.
Sigo pelo corredor
e agradeço a Deus por ter habilidades de ladra.
Entro engatinhando no quarto principal
do outro lado do corredor
e, muito silenciosamente,

pego as chaves do meu pai na cômoda.
Em câmera lenta,
saio engatinhando,
congelando de quatro quando o ouço rolar para o lado,
mas felizmente ele continua dormindo,
então eu desço na ponta dos pés,
saio pela porta da frente,
sigo pela entrada de carros
e entro no carro
e saio.

DRIVE

Eu me sinto como uma heroína de ação ladra de carros,
como se eu fosse Ryan Gosling no filme *Drive*
prestes a acelerar para escapar das encrencas.
Ainda não tenho carteira de motorista,
mas meu pai me deu umas aulas de direção uns meses atrás,
antes de saber que eu era uma delinquente.
Dou partida no carro e coloco na marcha
e saio de ré pela entrada de carros.
Nunca dirigi à noite, quanto mais ilegalmente.
Se eu for pega agora,
a polícia provavelmente vai me mandar para a cadeia
ou meus pais vão me mandar para a escola militar.
Eu poderia ir para a prisão.
Esses pensamentos por si
deveriam me impedir de fazer isso,
mas, de algum jeito, o perigo
é um excelente motivador.
Shawn nunca fala disso na aula,
mas a verdade é que sentir medo te dá mais sensação de estar viva
do que a vida normal.
Você sente os pulmões se expandindo e o coração batendo forte
e seus corpúsculos se contraindo.
Li em uma revista que o sexo também te faz sentir viva,
mas, como eu nunca fiz,
isto é o melhor que consigo.

BRASA

Quando chego ao Felony Flats,
Vejo Moe sentada no meio-fio
em frente a uma casa destruída
com um monte de móveis velhos no gramado
e um *heavy metal* tocando alto.
A única coisa visível é a pequena brasa do seu cigarro.
Ela é uma brasa queimando no escuro
usando meia arrastão.
Quando me aproximo, vejo um buraco na meia.
Ela se arrasta para dentro do carro.
Você está aqui, diz ela com um suspiro,
e cai no meu ombro.
Obrigada, El.
Ela está com aquele cheiro de bebida, aquele que meu pai teve
    durante dias
depois do enterro da minha mãe,
antes de ele acordar um dia
e voltar ao trabalho,
encontrar uma secretária no departamento de relações públicas,
se casar com ela
e nunca mais olhar para trás.

Moe coloca os pés no painel.
O que aconteceu com você?, pergunto.
Ela simplesmente dá de ombros
e eu tiro o cigarro da mão dela
antes que ele queime o assento.
Eu podia apagá-lo,
mas dou um trago e

o seguro por um instante antes de perceber
que não tenho ideia do que estou fazendo.
Tusso e tusso e
Moe começa a rir.
O quê?, digo. *Eu nunca fumei!*
Continue assim, diz ela,
e tira o cigarro da minha mão, joga pela janela,
e seguimos em frente,
deixando-o lá para queimar.

SEM ENFEITES

Quando chegamos à casa de Moe,
Marc está esperando na frente,
e ele está puto.
Que porra é essa, Moe?
Você falou palavrão, Moe dá uma risadinha.
Sinto muito por isso, digo a ele,
ajeitando nervosa o cabelo atrás da orelha.
Por que não estou usando gloss labial?
Ou rímel?
Por que estou usando um pijama com desenhos
de fatias de torta de cereja?
Por que não estou usando sutiã,
mas estou com uma bola de Proactiv
na espinha da minha testa?
Tento furiosamente esfregar o produto,
percebendo que não tenho a menor ideia
de como está meu hálito e
ele olha para mim e sorri.
Obrigado por pegá-la.
Sorrio em resposta, assim como a minha espinha,
que é tão grande que provavelmente tem uma boca própria.
Vocês dois são preciosos, diz Moe com a boca mole enquanto sai
do carro.
Eu a sigo com uma das suas botas,
desejando poder jogá-la na sua cabeça.

UM CAVALHEIRO E UMA DAMA

Eu te amo, Elodie, diz Moe
enquanto Marc e eu a colocamos na cama.
Fico com vontade de bater nela com menos força.
Andamos na ponta dos pés pelo corredor, tentando fazer o
mínimo de barulho
para que a tia dela e o papagaio não acordem.
Marc me acompanha até o carro e diz: *Belo pijama.*
Olho para baixo e vejo uma enorme mancha de molho de tomate
em uma das fatias de torta de cereja.
Por que todos os encontros
com a única pessoa que eu quero impressionar
parecem envolver humilhação?

Mas aí ele se inclina para abrir a porta
e me coloca lá dentro como se eu fosse uma carga preciosa.
Você é linda às quatro da manhã, diz ele,
e eu não faço ideia do que dizer em resposta
além de *Você também*
e eu começo a prender o cinto de segurança,
mas ele segura a minha mão por um segundo
e eu olho nos seus olhos castanhos infinitos
e ele dá um passo para trás, me soltando.

Saio pela entrada de carros,
minha espinha e eu atingindo apenas um buraco.
Ele ainda está me olhando, então eu dou um aceno idiota
e continuo dirigindo
no meu pijama de torta de cereja
com um sorriso bobo no rosto

ainda sentindo sua mão na minha
durante todo o trajeto
e subindo a entrada de carros
e entrando em casa
e seguindo pelo corredor
e caindo na cama
onde fico deitada
até o sol aparecer
e o despertador tocar
e eu ainda estar pensando
na noite anterior.

MOE

28 DE ABRIL

Levei um monte de chocolate para Elodie no Ladrões de Lojas Anônimos como agradecimento por ter salvado a minha vida. Quando Shawn perguntou o motivo, dissemos que estávamos fazendo um exercício de identificação, e ela quase fez xixi de tanta empolgação.

Depois da aula, fomos para a casa da Tabitha, que era ENORME e de vidro, com vista para o vale. Não havia ninguém em casa. Era tipo um museu onde você acha que um segurança pode vir correndo e te pegar se você encostar em alguma coisa. Tabitha nos mostrou um monte de blogs. Alguns eram apenas ideias de pessoas sobre músicas ou filmes de que gostam ou seus Tumblrs, e ela nos mostrou um feito por uma garota da nossa idade que adora encontrar coisas legais no armário da mãe que podem ser usadas em novos looks e coisas assim.

Quando estávamos indo embora, Elodie nos disse que era aniversário dela amanhã, o que é esquisito, porque todo mundo adora falar do próprio aniversário, mas Elodie resolveu esperar e tocar no assunto quando já era tarde demais para fazer qualquer coisa a respeito. O pai dela deu um vale-presente da Nordstrom, e ela disse que quer nos levar para "fazer compras". Demos uma boa risada com isso. Tenho uma ideia do presente perfeito para ela; mas, por enquanto, Tabitha e eu fizemos uma dança engraçada pré-aniversário ao som de "Whip My Hair", da Willow Smith. Elodie ficou deitada no chão, rindo tanto que peidou, então acho que foi um presente bem-sucedido.

Quando cheguei em casa, perguntei à Tia B se eu podia pegar umas roupas velhas legais do armário dela, e ela me chamou de "espertinha". Tentei explicar que não estava brincando, só estava tentando ser mais elegante, mas ela não acreditou em mim. Provando, mais uma vez, que minha reputação deixa a desejar.

TABITHA

DIA DA PIZZA

Patrick Cushman parece meio surpreso quando me sento ao seu lado na mesa de almoço. Ele está sentado ali comendo um sanduíche com um grupo de alunos que faz parte da banda.

— Feliz dia da pizza — digo.

Um cara para de polir seu oboé. Todos me encaram, surpresos.

— Você é meio difícil de encontrar — digo a Patrick, apertando um guardanapo sobre o pedaço derretido de pizza de muçarela oleosa. Estou tentando absorver o líquido que está em cima da pizza.

— É mesmo? — pergunta ele, me olhando de um jeito divertido.

— Você nunca se senta à mesma mesa.

— Eu gosto de me misturar — diz ele, indiferente.

— Esperto — digo. Uma garota sardenta da minha aula de educação física me faz um sinal com a cabeça. — Oi, Laura — digo enquanto tiro o guardanapo engordurado e o coloco no canto da bandeja.

Depois, me viro de novo para Patrick.

— Quer dizer que você realmente faz essa pizza em casa? — Corto um pedaço minúsculo com a faca e coloco na boca. É parecido com borracha molhada digerível misturada com borracha seca digerível. Consigo mastigar. Por pouco.

Ele me observa engolindo.

— Não acredito que você permitiu que isso entrasse no seu corpo.

Eu me arrependo imediatamente de ter consumido a pizza.

— Isso provavelmente vai morar no meu intestino durante vinte anos, né?

— Cinquenta — diz ele. — Aqui. Prova isso. É muito melhor. Eu não faço pizza de verdade, mas faço um sanduíche incrível. — Ele me dá metade de um sanduíche de peru com pão integral. Tem algum tipo de broto vegetal e tomate dentro.

— Achei que você gostava de pizza.

— Eu te falei: gosto de misturar.

Agradeço pelo sanduíche de peru.

— É melhor que seja gostoso.

— Só confie em mim — diz ele e sorri para mim. Mordo e mastigo. É delicioso.

ELODIE

PRESENTE DE ANIVERSÁRIO

Estou no meu quarto
odiando trigonometria mais do que a própria vida
quando Jenna bate na minha porta.
Tem alguém aqui pra te ver.
Desço para o primeiro andar
e, parado ali na varanda,
está Marc Truax.

Está usando uma camiseta preta do Nirvana
e sapatos surrados
e eu fico literalmente muda.
Ainda bem que ele consegue falar.
Feliz aniversário, diz ele,
seguido de:
Quer dar uma volta?
E eu faço que sim com a cabeça

e Jenna tenta agir como
se não estivesse ouvindo atrás da porta,
mas estou tão feliz que nem me importo.

FAZENDO DEZESSEIS

Marc diz que tem uma loja foda de donuts
aonde podíamos ir.
Não sei muito bem qual é a graça dos donuts,
mas não importa,
porque, antes que eu possa reagir,
estamos caminhando
perto da Ponte Burnside
e falando
e fico nervosa por estar perto dele
mas só por uns cinco minutos
e logo depois
estamos conversando sobre tudo;
conto sobre minha antiga escola
e minha mãe
e ele fala de motos dos anos setenta,
mas, é claro, não sei nada sobre elas,
e finalmente chegamos a uma padaria muito incrível
chamada Voodoo
e eles estão tocando uma música legal
e a garota atrás do balcão
é cheia de piercings e simpática
e Marc pede um donut com pó de Tang
e outro salpicado com Cap'n Crunch
e eu peço chocolate coberto de chocolate,
mas, antes de comermos,
ele diz: *Espera um instante,*
e compra uma calcinha para mim
com o logo da Voodoo e um slogan
que diz: "a magia está no buraco".

Fico vermelha, porque nenhum cara jamais me comprou donuts,
quanto mais calcinhas.
E aí ele puxa uma vela do bolso
que parece meio usada
e diz: *Desculpa, foi a única que eu consegui encontrar.*
Tive que roubar de alguém.
Ele sorri e acende a vela
e ele e a garota atrás do balcão
cantam "Parabéns pra você" muito alto.
Faço um desejo,
que é você-sabe-o-quê,
e ficamos sentados lá devorando donuts
e, quando terminamos,
ele compra mais um monte para eu levar para casa.
Ele diz que, se for para comemorar meu aniversário direito,
preciso ter o suficiente para a semana toda,
porque não se pode simplesmente fazer dezesseis anos uma vez
e encerrar o dia.

DONUTS

O que é isso?,
meu pai pergunta quando vê a caixa cor-de-rosa na bancada,
com a frase: "coisas boas vêm em caixas cor-de-rosa".
Jenna diz: *Donuts do amigo da Elodie.*
Ah, diz ele.
Amigo, repete ela.
Ah, diz ele de novo.
Ele é inocente,
o que é bom
porque, se ela tagarelar mais um pouco,
posso começar a me irritar.

Mas, quando meu pai sobe para o escritório,
ela se aproxima e sussurra:
Eu também sempre gostei dos garotos maus,
e eu digo: *Ele não é mau de verdade.*
E ela diz: *Melhor ainda.*
É estranho: nunca imaginei Jenna com a minha idade,
mas é óbvio que ela já teve essa idade,
antes de crescer
e encontrar um belo viúvo para se casar
que por acaso tinha uma filha
com quem ela não tinha nada em comum
até agora.

MOE

29 DE ABRIL

Depois da aula, Marc e eu jogamos *Rage* e, quando o provoquei por causa da Elodie, ele deu um jeito de matar cinco *Ruivas* seguidas com muita rapidez, então deixei o papo de lado. Depois ele me perguntou como era Elodie. Falei que ela era muito doce e meio tímida, mas uma boa amiga. Deixei de fora a parte de como nós nos conhecemos.

Voltamos a jogar por alguns minutos e depois perguntei: "E aí, você está a fim dela ou o quê?", e ele disse: "Só estou feliz porque ela é legal com a minha irmãzinha" e subiu para o quarto dele. Por um segundo, foi estranho pensar que meu irmão e minha amiga podiam estar namorando, mas depois percebi que eles seriam um casal adorável.

Falando em (NÃO) CASAIS, não vejo Noah desde a noite da festa do Gabe. Quero atravessar a rua e bater nas janelas dele, mas esse não é o meu estilo, então simplesmente fico sentada aqui e penso em como é horrível não podermos sair juntos e o quanto eu o odeio apesar de não odiar.

TABITHA

LEMBRANÇAS

— Vocês fizeram um ótimo trabalho com suas lembranças — diz a srta. Hoberman enquanto devolve nossos trabalhos. Estou um pouco nervosa porque não ia escrever; mas, depois de conversar com Elodie e Moe, a tarefa me pareceu um pouco menos assustadora; os pais de todo mundo são malucos, então qual é o problema? Além disso, depois que comecei, liberei a fera e extravasei sobre o meu pai e todas as merdas dele, sem falar da minha mãe se recusando a enfrentá-lo.

Depois, redigitei e acrescentei uma parte sobre minha mãe ficar redecorando a casa desde que meu irmão foi para a faculdade. Escrevi que ela pensa que, comprando coisas novas, vai consertar tudo na nossa vida. Não sei se fez algum sentido, mas pelo menos era a verdade.

Quando a srta. H coloca o trabalho na minha mesa, vejo a nota A+ no topo. Não consigo evitar me sentir um pouco orgulhosa, especialmente quando ela diz:

— Você fez um trabalho adorável, Tabitha. — Parece que ela quer falar mais. Ou talvez queira que me dizer que, apesar de eu ter talento, posso precisar de terapia.

Ela devolve o trabalho de Patrick Cushman e diz:

— Você escreve muito bem, Patrick. — Vejo uma nota A no trabalho dele, e ele olha para mim e diz:

— Acho que somos incríveis, né?

Dou um sorrisinho.

— E aí... o que você acha de ir naquele treco de Baile da Primavera comigo? — Ele fala "treco de Baile da Primavera" de um jeito reticente, como se estivesse tentando zombar, mas obviamente está falando sério. Isso me choca pra caralho. Quero dizer, ele é fofo e legal, mas Baile da Primavera? Penso em como todos os relacionamentos que já tive parecem ser uma droga. Patrick Cushman merece mais do que isso. Ele merece se divertir no Baile da Primavera com alguém que seja fácil e simples, não complicada.

— Eu queria poder ir — digo. — Mas provavelmente é uma situação confusa demais.

Seu sorriso desaparece.

— O que você quer dizer? — Quero responder: *Apesar de você tecnicamente não ser meu tipo e ser a última pessoa com quem devo ir ao Baile, acho que você é meio incrível.* Mas não. Em vez disso, dou de ombros e digo:

— Com Brady e tudo o mais. — Ele parece magoado, e eu me sinto uma babaca. Costumava ser uma sensação com a qual eu me sentia semiconfortável. Mas agora me dá coceira como aquele suéter que eu costumava amar durante todo o ensino fundamental e que, por algum motivo, de repente começou a me dar urticária até que eu finalmente tive de jogá-lo fora.

VESTIDOS

Folheio o arco-íris de vestidos na Betsey Johnson. Não sei por que estou aqui, porque não vou ao Baile com ninguém, então nem preciso de um vestido. Tudo que eu sei é que estou em um tipo esquisito de piloto automático. Posso parecer com todas as outras clientes por fora, mas por dentro sou perigosa. OK, talvez não perigosa como a Moe ou os amigos dela, mas definitivamente não estou feliz.

Levo uma braçada de roupas para o provador, escondendo cuidadosamente duas delas; quando a vendedora verifica quantos itens eu tenho, me dá uma etiqueta dizendo "4" em vez de "6". Lá dentro, experimento um top transparente laranja e amarelo com gola em V. Talvez Brady esteja certo. Talvez eu esteja alguns quilos acima do peso.

No corredor hoje, antes do sexto período, vi Zoe Amato e Keith Savage. Ela estava olhando para ele, e ele a puxou para um beijo. Olho no espelho e me pergunto se um dia vou encontrar um cara que me ame usando a roupa laranja e amarela do jeito que Keith Savage ama Zoe Amato com suas pontas duplas, sua calça jeans larga e seus dentes de baixo tortos.

— Tudo bem por aqui? — pergunta a vendedora.

— Tudo. Obrigada — digo.

— Bem, me avise se precisar de outros tamanhos.

— Tá.

Tiro o top e avalio o vestido vermelho. É meio parecido com o que roubei meses atrás, quando Moe, Elodie e eu começamos a roubar juntas, quando nos conhecemos. Tiro o sensor cuidadosamente com um cortador de unha. Se você cortar o ponto certo na base, ele não explode nem espalha a tinta azul para todo lado. Só precisa praticar. Dou um jeito de não rasgar o tecido antes de dobrá-lo e colocá-lo dentro da bolsa.

Quando saio, deixo o top no chão e entrego a etiqueta com o número "4" e os quatro itens para a vendedora. Como eu disse, perigosa. Não para os outros, só para mim mesma.

ELODIE

SONHO IMPOSSÍVEL

Devo me encontrar com Moe e Tabitha daqui a quinze minutos
na fonte da Car Wash.
Elas estão esperando que eu leve alguma coisa boa
porque Tabitha vai roubar um top e uma calça jeans
e Moe vai roubar um iPod
de uma loja na SW Fifth.
Tudo o que tenho até agora é um livro de fotos
sobre apetrechos de motos dos anos setenta.
Okay, tudo bem. É para o Marc.
Sei que devia estar roubando o que falei que ia roubar
e não um livro da River Books & Gifts
para um cara que não está nem perto de ser meu namorado.
Normalmente, odiamos roubar de lojas de famílias,
mas, neste caso, os proprietários são babacas —
os cartazes contra o casamento gay pregados na janela da frente
provam isso —,

então eles merecem ser roubados.
Saio com o livro enfiado embaixo de uma cópia de *The Merc*
e disparo pela calçada,
passando pela nova Apple Store.
Paro quando vejo
Moe pela janela.
E ela não está roubando de jeito nenhum:
ela está em pé na entrada,
passando seu cartão no iPad no balcão,
pagando por coisas
que ela devia estar roubando.

FALSA COMO VOCÊ

O que há de errado?, pergunta Tabitha quando chego à fonte.
Acabei de ver Moe na nova Apple Store, digo.
Ela roubou da Apple?!, Tabitha surta.
Ela vai ser presa, caramba!
Não, digo, corrigindo-a.
Ela não estava roubando — ela estava comprando.
Tabitha parece confusa.
Ela não ia roubar um iPod daquela loja na Fifth?
Faço que sim com a cabeça, tentando processar o Motivo
e o E Agora.

Oi, pessoal, diz Moe, se aproximando.
Ela tira o *iPod* da bolsa.
Missão cumprida.
Tabitha olha para mim.
Onde você pegou isso?, pergunta ela à Moe.
Naquela loja anti-gay, responde Moe, arrogante.
Você roubou?, pergunto.
Moe revira os olhos. *Claro que sim.*
Tabitha e eu nos entreolhamos.
Podemos ir?, pergunta Moe.
Não quero ficar aqui esperando para ser pega.

TABITHA

DESAMARRADA

— Moe, espera. Ela acabou de ver que você comprou — digo.

Moe para de andar.

Pela primeira vez desde que a conheço, ela parece estar insegura. Ela se abaixa e amarra o cadarço da bota, apesar de não estar desamarrado.

Olho furiosa para ela.

— Por que você está no Ladrões de Loja Anônimos se não rouba?

— Eu roubo — diz ela na defensiva.

— Mas por que você estava comprando uma coisa que disse que ia roubar? — pergunta Elodie.

— Uma pessoa não pode mudar de ideia? — retruca Moe.

— Espera um minuto. — Percebo uma coisa. — Todas as outras vezes... você estava roubando de verdade ou estava só *dizendo* que roubava?

Elodie se vira e me olha de cara feia.

— Ela não faria isso.

— Ah, por favor — retruco. — Você provavelmente também faria isso. Você estava tão desesperada pra ser minha amiga que teria feito qualquer coisa.

— O quê?! — Elodie parece atormentada.

— Ai, meu Deus, você é patética — Moe rosna para mim.

— Posso ter desejado ser sua amiga — diz Elodie. — Mas (a) isso não é crime, e (b) eu não teria mentido como Moe pra conseguir isso.

— Ah, uau. Golpe baixo. — Moe olha furiosa para Elodie.

— Olha, não importa — digo, olhando para as duas. — Eu não estava *fingindo* ser ladra de loja.

Moe bufa.

— Fingir é melhor do que ser totalmente babaca.

Isso vindo de uma impostora que anda com vândalos *grindcore* mas adora ouvir Katy Perry escondido.

— Concordo — diz Elodie.

— Pelo menos eu não sou perdedora como vocês duas — digo.

Depois que falo, quero poder recuar. Mas é tarde demais. Elodie se vira e sai marchando pela SW Fifth e passa pela City Grill.

— Legal — diz Moe, olhando furiosa para mim antes de se virar e sair para o outro lado, em direção à estação 76, me deixando ali sozinha, sem nenhum lugar para onde ir, exceto a minha casa.

PARTE 6

"As pessoas desaparecem, mas os objetos ficam."

MOE

30 DE ABRIL

Não sei se valeu a pena criar amizades com as quais realmente me importo. Mas acho que, se elas fossem amigas de verdade, não iam se importar se eu tinha roubado ou comprado um iPod. Eu deveria poder dizer a elas que o céu é magenta ou qualquer coisa assim, e elas deveriam acreditar em mim.

Quando cheguei em casa, Marc me perguntou de novo sobre a Elodie. Queria dizer que ela me enganou. Queria dizer que o motivo de eu nunca me permitir ter amigos de verdade é que eles acabam decepcionando a gente.

Então eu disse a ele que Elodie é uma covarde que não defende as pessoas. E que ela é ladra de loja. Eu provavelmente deveria ter acrescentado que menti para ela e ela me descobriu; mas, em vez disso, simplesmente o empurrei para fora do meu quarto e fechei a porta antes que ele pudesse me ver chorando.

TABITHA

O BELO DESCONHECIDO

Eu sempre acordo cedo; não consigo evitar. Talvez seja uma característica que herdei do meu pai. Mas hoje não vou acordar cedo, porque não dormi direito à noite. Tudo o que fiz foi ficar deitada lá com uma sensação de ansiedade e enjoo.

Eu me arrasto da cama, visto as roupas de correr e prendo o cabelo em um rabo de cavalo. O sol se espalha pelo meu quarto, e eu olho ao redor para a coleção de globos de neve, todos os brincos e as roupas. Quase tudo foi conseguido com um desconto de cinco dedos. Mas, mesmo tendo sido conseguidos ilegalmente, pelo menos tenho um monte de bugigangas para me consolar. As pessoas desaparecem, mas os objetos ficam.

— Oi, querida.

Eu me viro e vejo meu pai em pé na porta. Faz tantos dias que não o vejo que é como se ele fosse um belo desconhecido.

— Oi.

— Como está a escola? — pergunta ele, me dando um sorriso.

— Decente.

— E Brady?

— Acabou. — Dou de ombros.

Ele faz um sinal com a cabeça sem comentar e pega um dos globos de neve da minha cômoda. Lá dentro tem uma casinha de biscoito com um carvalho minúsculo no quintal. Foi uma das primeiras coisas que roubei na vida, três anos atrás, de uma papelaria em Beaverton. Eu me lembro de como planejei o roubo, como me senti esperta enquanto minha mãe dirigia o carro para longe da cena do crime.

— Me desculpe por estar trabalhando até tão tarde. Eu queria falar com você — diz ele, sacudindo um pouco o globo, criando uma mini-tempestade de neve.

— É mesmo? — Não consigo evitar uma pontada de empolgação. Talvez este seja o momento em que ele vai se abrir sobre o que realmente faz tarde da noite. Talvez este seja o momento em que as mentiras da família finalmente vão acabar.

— Só queria te lembrar de fazer a revisão do seu carro — diz ele.

Eu o encaro. É isso que ele tem para falar comigo? Uma semana atrás, teria vontade de gritar e berrar e socá-lo por me decepcionar. Mas agora percebo que é melhor respirar fundo e não dizer nada. A melhor coisa que posso fazer é parar de esperar alguma coisa dele.

Então eu simplesmente digo:

— Tudo bem, vou cuidar disso no fim de semana.

Ele faz que sim com a cabeça e sai porta afora.

Fico parada ali por um segundo, o estômago revirando, observando a neve do globo caindo na minúscula cabana e na árvore em miniatura que estão na bolha de vidro, presas no inverno para sempre.

ELODIE

DESASTRE NATURAL

No mundo da Rachelle, fechar o anuário
é tipo administrar um centro de crise em tsunamis.
Ela se imagina no centro de tudo,
impedindo a água que vai subindo.
Ela está tão estressada
que nem Dustin Diaz tem o poder de salvá-la do perigo.
Tento ficar longe
enquanto ela grita: *Onde diabos está a foto do Clube de Francês?!*
Quero dizer a ela que entreguei uma semana atrás,
mas isso só provocaria mais destruição.
Só há uma fonte de salvação
e ele está passando pela janela neste momento.
Espera um segundo, digo, e disparo porta afora,
sem me importar se existe uma tempestade violenta de Rachelle
nas minhas costas
gritando o meu nome.

GELADO

Marc!
Ele para quando me vê
e de repente fico horrorizada
porque acabei de perseguir um aluno sênior pela calçada
em frente a uma sala cheia de nerds do anuário.
Quero vomitar,
mas, em vez disso, espero nossos olhares se encontrarem.
Quando eles finalmente se encontram,
não é um calor castanho
mas uma nuvem escura de aço.
Você falou com a minha irmã?, pergunta ele.
Sinto Rachelle me observando pela janela,
se perguntando que diabos estamos conversando
e se ela deveria estar gravando para a transmissão local.
Nós brigamos, digo.
Por quê?, pergunta ele.
Depois, acrescenta:
Quer dizer que você é uma ladra de loja, né?
Fico parada ali tentando criar uma resposta
quando de repente ele diz: *Tenho que ir*
e se afasta, levando consigo seus olhos castanhos, castanhos,
a barra esfiapada da calça jeans,
o buraco na camiseta
e a pontinha de pele de cacau por baixo,
enquanto tudo que é quente
fica gelado.

MOE

1 DE MAIO

Hoje, Alex, Janet, Roy e eu matamos aula. Fomos à casa do Roy e ficamos chapados com seu bong do Sid Vicious, sentamos no carpete laranja felpudo e ouvimos Circle Jerks. Não sei por que fiquei tão doidona. Não costumo gostar de maconha, mas às vezes as drogas são um gosto adquirido. Essa não era uma delas. Também não funcionou com ostras. Não importa quantas vezes eu engula aquelas coisas gosmentas, ainda sinto vontade de vomitar. Quanto à maconha, eu só me sinto paranoica e com vontade de fazer xixi de cinco em cinco minutos. Roy e Janet quiseram sair e andar de skate na entrada de carros, o que me fez pensar que, se eu não tivesse choramingado tanto para conseguir um skate de aniversário, talvez meus pais não tivessem ido à Big 5 naquele dia e sofrido um acidente de carro. Se eu estivesse com Elodie e Tabitha, teria contado a elas sobre os pensamentos que estavam voando pela minha cabeça; em vez disso, fiquei sentada ali na esperança de não ter falado nada em voz alta.

Então é isso. Eu realmente não adoro ficar chapada e ouvir *trash punk*. Talvez, se eles ouvissem alguma coisa dançante, eu teria ficado; mas, quando Janet disse que seria irado ver *Pootie Tang* pela vigésima vez, tive uma boa desculpa para ir para casa.

TABITHA

MALDADE

A srta. Hoberman está surtada. Seu programa autografado e plastificado de *Romeu e Julieta* sumiu. Ele desapareceu hoje de manhã de seu lugar de honra sobre a mesa de trabalho dela.

— Talvez eu devesse estar feliz por alguém valorizar tanto a experiência de campo a ponto de precisar de uma lembrança permanente — diz a srta. Hoberman. — Mas não estou.

Nossa.

A srta. Hoberman não costuma ficar tão furiosa.

— Espero que quem o pegou devolva imediatamente, para eu não ter de sentir mais raiva.

Eu me sinto mal pela srta. Hoberman. Ela sempre faz de tudo para ser legal com todo mundo, até mesmo com os idiotas e os canalhas, então eu realmente não sei por que alguém ia querer sacaneá-la.

. . .

Depois da aula, vou até o meu armário para pegar o livro de Estudos Sociais; mas, quando vejo Brady e sua gangue parados ali, me escondo atrás da máquina de salgadinhos e fujo pelo outro lado. Por sorte, passo o resto do dia sem vê-los, até minha mãe vir me buscar. Eu a encontro ociosa no estacionamento em seu Lexus bege. Ela veio me buscar porque meu carro está na oficina.

— Você chegou na hora — digo.

— Claro — diz ela. Ela parece sóbria, o que é um alívio. Não precisamos de outra prisão na família.

Quando entro e bato a porta, ela diz:

— Eu vi o Brady. Vocês não estão mais juntos?

— Por que você está perguntando? — Desvio o olhar.

— Ele parecia bem à vontade com sua amiga Taryn. — Isso é novidade para mim, mas eu certamente não quero falar sobre isso aqui e agora.

— E daí? Meu pai fica bem à vontade com outras mulheres, né? Nada sério.

Seu rosto desaba, e eu imediatamente me sinto babaca.

— Desculpa — digo. — Isso foi maldade.

Ela se ajeita e diz:

— Escolhi um aparador para a sala de estar. É uma madeira clara adorável que vai combinar muito bem com o tapete novo.

Ela engata a marcha do Lexus, se vira para mim e acrescenta:

— Quer saber? Isso *foi* maldade. — E, sem mais uma palavra, ela sai dirigindo.

MOE

2 DE MAIO

Está chovendo de novo, e a Tia B gritou comigo por não ter recolhido o lixo, e Marc está mal-humorado. Então, basicamente, tudo está uma merda. Mas estou tentando ajeitar tudo em segredo. Espero que funcione.

ELODIE

SOZINHA

Estou na Fred Meyer de Burlingame,
um paraíso de bugigangas inúteis.
Estou prestes a colocar uma sombra de olho cremosa da Revlon
na minha bolsa,
uma que seja parecida com a cor daquela sombra da MAC
que a Tabitha escolheu para mim aquele dia em Nob Hill.
Olho ao redor para ver se alguém está olhando.
Não é que eu esteja com medo
ou tenha sido reabilitada pela
Shawn e seu programa idiota —
apesar de algumas coisas que ela diz fazerem sentido —
só que parece esquisito agora,
roubar sozinha,
especialmente quando o que você rouba
te faz pensar em outras pessoas.

MELHORES AMIGAS

O anuário está oficialmente fechado!,
anuncia Rachelle.
Todo mundo bate palmas, exceto Dustin Diaz,
que parece estar nas últimas pernadas do amor.
Reúno todas as minhas coisas enquanto Rachelle cumprimenta
todo mundo com um high-five.
Eu a invejo.
Ela tem seu lugar no mundo e é este.

Parabéns, digo a ela. *Você fez um trabalho incrível.*
Ela me dá um sorriso tenso.
Ela é a garota que me chamou de melhor amiga
durante alguns meses, mais ou menos,
apesar de isso nunca chegar à edição final.

Você viu aquela foto sua
com a Tabitha Foster e a Maureen Truax?, pergunta ela.
Na seção de "Amigas para sempre"?
O modo como ela fala é falso e estranho.
Eu teria cuidado com a Maureen, acrescenta ela.
Eu a vi roubando o programa de Romeu e Julieta *da srta. Hoberman.*
Ela o tirou direto da mesa quando pensou que ninguém estava vendo.
Contei pro diretor Prescott, e ele está puto.
Se estivéssemos na peça *Romeu e Julieta*,
Rachelle faria o papel do boticário;
ela adora vender veneno para as pessoas.
Coloco um sorriso no rosto
e me afasto, fingindo não sentir
absolutamente nada.

MOE

3 DE MAIO

Eu tinha as dicas do roubo de lojas anotadas; mas, quando era a minha hora de realmente roubar alguma coisa, eu fazia tudo errado. Eu agia com culpa. Roubava de alguém que eu conhecia. Não confirmava se o terreno estava livre. Mas eu queria provar para as minhas amigas que eu não era uma impostora. Não consegui pensar em nada melhor do que uma lembrança da viagem. Deveríamos ter sentado juntas em vez de sentar cada uma no seu canto com outras pessoas, fingindo que não nos conhecíamos. Era isso que eu estava pensando enquanto esperava sentada para entrar no escritório do diretor, onde tudo está prestes a ficar mais errado do que já está.

TABITHA

MENSAGEM DE ÓDIO

Enquanto estou indo para o meu armário antes do sexto período, confirmo que o caminho está livre de babacas. É aí que eu vejo um envelope enfiado em uma fresta do meu armário. Quando estou prestes a puxá-lo, escuto:

— Oi, Tabitha.

Dou um pulo. Não consigo evitar. Eu me viro e vejo Brady em pé ali.

— O que você recebeu? — diz ele com a voz arrastada, apontando para o envelope.

Dou um sorriso tenso para ele e encolho os ombros.

— Espero que não seja uma mensagem de ódio — diz ele, tirando o cabelo dos olhos. Tento não reparar nos seu bíceps, porque eles não são mais atraentes para mim.

— Pode pegar, faça as honras. Se for uma mensagem de ódio, pode muito bem ser aberta por alguém que eu odeio.

Ele rasga o envelope e reage.

— Que diabos? Foi *você* que roubou isso? — Ele cai na gargalhada, mostrando o conteúdo do envelope.

— Não! — digo.

— Então, por que diabos está com você?

Eu arranco da mão dele.

— Isso é, tipo, um presente do Patrick Cushman?

Reviro os olhos. Sério? É por isso que ele quer me interrogar?

— Do que você está falando, Brady? — Dou uma olhada sem emoção para ele.

— Eu te vi almoçando com ele outro dia. — Ele fica radiante quando a Taryn se aproxima.

— Oi, querida — ronrona Taryn para mim. — Adorei seu sapato.

Ela e Brady se entreolham. Olho de um para o outro.

— Nós não fizemos nada — solta Taryn, culpada até a alma. Brady dá a ela seu olhar penetrante, e eu vejo tudo sendo revelado.

Brady agora está pegando minha suposta melhor amiga. E, apesar de se sentir mal por isso, ela não vê problema em sacrificar a nossa amizade. Não que eu a culpe. Não havia muita coisa no nosso relacionamento, de qualquer maneira, além de moda, fofocas e inveja.

— Vocês são muito nojentos — digo.

Brady dá um passo à frente, estendendo a mão para mim — é difícil dizer se ele está tentando me consolar ou me machucar, mas eu faço o que provavelmente deveria ter feito muito tempo atrás. Com toda a força que consigo, dou um chute no saco dele.

— PORRA! — grita ele.

— Que diabos? — berra Taryn.

Eu queria poder dizer que chutei com força suficiente para ele cair no chão; mas, para ser sincera, pernas não são meu forte.

— Você é uma vaca — diz Brady enquanto se apoia nos armários, tentando recuperar o fôlego.

— Eu realmente odeio essa palavra — rosno e me afasto, escondendo o programa de Shakespeare embaixo do braço. As pessoas me encaram enquanto eu passo, provavelmente porque concordam com a avaliação de Brady de que eu não sou legal. Mas quer saber? Existem pessoas cuja opinião me importa, e não são essas.

MOE

4 DE MAIO

Aos Pais/Tutores de Maureen Truax:

Esta é uma notificação de que Maureen Truax está sendo considerada para suspensão de acordo com os Estatutos de Oregon 120.13(1)(B)(3) por um período de cinco dias, de 3 a 10 de maio.
Maureen Truax está sendo considerada para suspensão porque:
* Violou ou se recusou a obedecer às regras da escola ou do distrito conforme declaradas no código de conduta.
Mais especificamente, ela está sendo acusada de furtar uma propriedade pessoal da srta. Janette Hoberman.
Anexamos o material que encoraja os senhores a inscreverem a aluna no Ladrões de Loja Anônimos, um programa de reabilitação local especializado nesse problema. Se decidirem apelar desta decisão, deverão comunicar o apelo por escrito, ao Administrador do Distrito, nos cinco dias posteriores ao início da investigação, conforme declarado na Política do Conselho.

Alunos que foram suspensos não devem ter negada a oportunidade de fazer nenhuma prova trimestral, semestral ou de formatura, perdidas durante o período de suspensão nem de terminar trabalhos de curso solicitados durante o período de suspensão.

Antes do retorno, a política do Conselho Escolar exige que um ou ambos os pais (ou tutores) acompanhem a aluna à escola para uma reunião de readmissão com o diretor. Se tiverem alguma pergunta relacionada a esse assunto, por favor, entrem em contato pelo número 503.555.0188.

Atenciosamente,
Diretor Gerard Prescott

ELODIE

MAIS TESOUROS ENTERRADOS

Na aula de Geometria II,
Noah Simos se aproxima e me diz:
Acho que alguém está tentando chamar sua atenção.
Ele aponta para Tabitha
pela janela da sala de aula.
Noah parece confuso. *Vocês são amigas?*
Depende do dia, respondo
antes de pedir um passe para ir ao banheiro
à sra. Klein
e ir para o corredor.

Ouvi dizer que Moe roubou o programa de Shakespeare, solto
logo que me aproximo de Tabitha.
É, bem, se ela fez isso, responde Tabitha,
só uma pessoa tem a prova.
Ela mostra a propriedade preciosa da srta. Hoberman,

o programa de *Romeu e Julieta*
com os nomes de todos os catorze membros do elenco rabiscados
a caneta.
Até o do pau duro.

TABITHA

SUSTENTÁVEL

Estou procurando o Facebook de Patrick Cushman, tentando pensar em qual mensagem enviar para ele, quando minha mãe bate na porta do quarto.

— Vamos comer sushi — diz ela, e é meio que um choque, porque comíamos sempre até um ano atrás, quando meu pai ficou convencido de que teve um envenenamento por mercúrio. Ele não teve de verdade, mas envenenou minha mãe com uma paranoia, o que pode ser pior do que envenenamento por mercúrio.

Ela dirige até o Bamboo Sushi, que fica na região leste. Ela gosta porque é um "sushi sustentável", o que significa que todos os peixes são, tipo, criados livremente. Mas, quando perguntei a ela sobre isso, me informou que peixes criados livremente não existem de verdade. O lugar tem muita arte nas paredes, e tem uma moldura com centenas de cisnes brancos de origami todos enfileirados com perfeição. Se você olhar de longe, eles formam um padrão; mas, se olhar de perto, dá para ver que são apenas fileiras e mais fileiras de papel branco dobrado. Sentamos nos fundos do restaurante, no sushi bar, uma prancha de madeira larga em forma de L com velinhas enfileiradas. O chef do sushi nos dá um prato com *carpaccio* de albacora com picles de *shiitake*. Eu não gosto, mas é um dos preferidos da minha mãe. Ele pergunta se ela gostaria de fazer uma degustação de saquê da marca deles.

— Não, obrigada. Quero um chá verde — diz ela.

— Mãe, por favor — digo, revirando os olhos. — Você está tentando provar alguma coisa pedindo chá?

— Não, estou pedindo porque eu quero — diz ela.

— Não importa. — Não sei se devo acreditar nela.

Depois que recebe o chá e toma um gole, ela diz:

— Estou participando de um programa como o seu.

Olho para ela, surpresa.

— AA — continua ela. — Isso te ajudou, não foi?

— Acho que sim... — Deixo a voz morrer, sem querer admitir que o Ladrões de Loja Anônimos foi bem inútil para curar meu roubo de lojas.

— Você não pode dizer às pessoas o que elas devem fazer — diz ela. — Mas às vezes pode inspirá-las em direção a uma linha de ação melhor. Você fez isso por mim.

Ela bate o chá no meu copo de água, e eu não sei o que dizer além de não saber quando minha mãe se tornou tão Buda, e aquele peixe cru nunca teve um gosto tão bom.

MOE

5 DE MAIO

O diretor Prescott chamou a Tia B para dizer que a minha suspensão foi encerrada porque o programa da srta. H foi encontrado e devolvido por duas alunas. Ele acrescentou que, apesar de o roubo ser retirado do meu registro permanente, eu ainda preciso participar de um programa de reabilitação. Hilário.

A Tia B ficou aliviada e feliz, mas não tão feliz a ponto de sairmos para jantar no Zeppo nem nada assim. Marc perguntou à Tia B se o diretor disse a ela quem eram as duas alunas que devolveram o programa. Ela disse que não, mas eu falei para Marc: "Tenho certeza de que você consegue adivinhar, não?". Não consegui identificar o que ele estava pensando, mas deixamos de lado e fomos jogar *Rage*.

ELODIE

COMPREENSÃO MÚTUA

Meu pai está no telefone
quando passo pelo escritório dele,
mas ele desliga
e grita para mim: *Hoje é seu último dia de aula, né?*
Volto e faço que sim com a cabeça.
Posso te levar?, pergunta ele.
Claro, respondo.

Ele se levanta e vem na minha direção.
Não tenho a menor ideia do que está por vir
até ele colocar o braço ao meu redor e dizer:
Você está se saindo bem, mocinha.
Não sei exatamente o que ele quer dizer
e talvez um dia eu descubra
ou talvez não;
afinal, ele é um homem de cinquenta anos,

e eu sou uma menina de dezesseis,
então não somos exatamente feitos
para ter uma compreensão mútua.

Ele me abraça com força
e é um pouco constrangedor,
então ele me solta de repente
e volta para sua mesa de trabalho.
Eu me despeço
e sorrimos um para o outro por um segundo,
duas pessoas que sempre estiveram
unidas por uma pessoa,
que, por mais que tentasse,
simplesmente não conseguiu ficar.

PRESENTE

Quando entro na sala de aula,
Moe já está sentada nos fundos,
com o capuz na cabeça,
as botas estiradas na frente dela.
Quando me vê,
ela levanta o olhar como uma coruja
espiando,
grandes olhos escuros
que poderiam te cortar
ou te aquecer
e neste momento está em algum lugar no meio.

O COMPARTILHAMENTO FINAL

Tabitha chega cinco minutos atrasada para a reunião,
mas ainda a tempo de ver Gina dar seu testemunho
completo, com fotos no iPhone,
de todos os parentes que ela já conheceu
e todos os animais de estimação que ela já teve
e todos os sentimentos que ela já teve
porque, aparentemente, sua vida foi tão alterada
pelo Ladrões de Loja Anônimos
que ela precisa compartilhar
ainda mais, hoje.
Ela finalmente para,
e Shawn pergunta se mais alguém tem alguma coisa a dizer.
Moe se levanta
e Tabitha e eu nos entreolhamos, surpresas.
Antes de Moe começar a falar,
Shawn pergunta se ela pode fazer o favor de tirar o capuz.
Ela tira, e o cabelo se espalha;
não está mais vermelho-cereja, mas tipo um loiro-areia.
Parece uma cor natural,
se eu tivesse alguma ideia de qual era sua cor natural.

Alguns meses atrás,
eu estava saindo do supermercado
ao lado de uma velhinha que estava roubando um pacote de mortadela
e um par de luvas de borracha.
O sensor disparou
e eles me pegaram, em vez de pegá-la.
Falei que eu não tinha pegado nada,

mas eles não acreditaram em mim.
Quando não descobriram nada em mim,
eles me perguntaram se eu sabia quem tinha roubado.
Imaginei que a velhinha tinha uma situação pior do que a minha,
por isso respondi que não.
Eu precisava de uma distração para esperar no meu quarto
por um cara que não aparece
ou para andar com pessoas que vão me colocar em confusão,
por isso eu vim para cá
e achei que podia vir uma ou duas vezes,
mas aí eu conheci umas pessoas...
Ela olha para Tabitha e para mim.
... E decidi que talvez houvesse
outros motivos para ficar.

Shawn corre para abraçá-la
e todo mundo bate palmas e agradece por ela ter compartilhado.
E Gina decide que esse seria um bom momento para chorar.
Moe se senta abruptamente
e olha para Tabitha e para mim e fala sem som:
Podemos ir para o Roxy agora?

MOE

6 DE MAIO

Depois que Shawn assinou nossos formulários dizendo que tínhamos concluído o Ladrões de Loja Anônimos com sucesso, nós três fomos comer Quentin Taratuns para comemorar. Provoquei Elodie sobre ir ao Baile da Primavera com meu irmão e ela ficou vermelha. Ficou óbvio que ela está totalmente apaixonada por ele. Eu não entendo o amor. Faz zero sentido. Amizades são um pouco mais fáceis, acho. Talvez ajude se vocês se conhecerem em um grupo de apoio totalmente esquisito para pessoas que estão tentando "preencher o buraco interior", citando Shawn.

Ainda faltam três semanas neste ano letivo, depois mais o último ano do ensino médio, e depois nos formamos e crescemos e vamos para a faculdade e nos casamos e temos bebês e vivemos o resto das nossas vidas. Não sei o que vai acontecer em seguida; mas, desde que a gente continue comendo Quentin Taratuns juntas, parece um belo começo.

ELODIE

E AGORA

Depois que comemos, esta normalmente é a parte
em que nos separamos,
vamos roubar coisas
e nos encontramos para comparar os saques.
Mas isso não parece certo agora.

Então vamos juntas até o MAX
e estamos a bordo
indo comprar coisas de verdade, desta vez,
com o vale-presente da Nordie que meu pai me deu.

Nossas bolsas não vão terminar cheias de roubos,
mas, quando você fez tudo que nós fizemos,
pegar mais simplesmente parece um exagero.

TABITHA

O TELEFONEMA

Quando entro, minha mãe me diz que Brady ligou. Ele tem me mandado mensagens de texto nos últimos dias. Tenho ignorado todas.

— Não quero falar com ele — digo.

— Às vezes é melhor ter uma conversa difícil do que evitá-la — diz ela. Eu falei que ela começou a frequentar o AA na semana passada?

— Está bem. — Pego o telefone da mão dela e disco.

— Oi, amor — atende Brady. No primeiro toque, nenhum a menos.

— Me desculpa por ter te chutado — digo. Ele pode não ser o melhor cara do planeta Terra, mas vou dormir melhor sabendo que pedi desculpas.

Ele dá uma risadinha.

— É, bom, talvez eu tenha merecido.

— Por que você fica me ligando? — pergunto, louca para acabar com essa conversa.

— Quero ir com você amanhã à noite — diz ele.

— O quê? — Ele está falando isso a sério?

— Baile da Primavera. Vamos lá. Nós planejamos, então acho que devemos ir.

— E a Taryn?

— Ela é meio fodida demais pro meu gosto. — Que legal. Só posso imaginar as coisas que ele disse sobre *mim* para Taryn. — Você ainda está aí? — pergunta ele depois de um segundo.

— Estou, mas... — faço uma pausa antes de acrescentar: — Não vou a lugar nenhum com você. Nunca. — Escuto ele inspirar profundamente, engolindo o ar pela boca perfeita. Com isso, eu desligo.

No andar de baixo, encontro minha mãe sentada na cozinha, descascando uma laranja.

— Como foi? — pergunta ela.

— Ele disse que a gente deveria ir ao Baile da Primavera juntos.

— E...? — Ela serve um copo de Pellegrino para si mesma e acrescenta um pouco do suco de laranja.

— Eu falei que não.

— Bem, você não precisa ir acompanhada, precisa? Você pode ir com as suas amigas.

Dou de ombros. Ficamos sentadas ali por um segundo. E aí eu digo:

— Falei pra ele que nunca mais quero vê-lo.

— Ok, ok — diz ela. Depois de um minuto, acrescenta: — Eu também falei.

— Você falou o quê pra quem? — Estou confusa.

— Seu pai. Jeffrey vai entregar os documentos do divórcio na segunda-feira.

Fico sentada ali, chocada demais até para falar.

— Durante muito tempo, eu achei que ele era o amor da minha vida. — Ela olha para as mãos, envergonhada.

— Bem, ele foi, né? — pergunto.

— Na verdade, não. Você é. — Ela sorri para mim, tentando não chorar. Também tento não chorar, mas aí eu digo a mim mesma que, a certa altura, não tem problema chorar.

MOE

7 DE MAIO

Tia B, Marc e eu estávamos no meio do jantar quando a campainha tocou. Era Noah. Ele disse: "Posso falar com a sua tia, por favor?". Minha tia saiu, e ele disse sem nem olhar para mim: "Oi, srta. Danner, queria saber se posso levar a Maureen para o Baile da Primavera, se a senhora não se importar". Minha tia ficou tipo: "Se você não está pedindo ela em casamento, acho que é melhor perguntar diretamente a ela". E aí ela saiu da sala e eu fiquei parada ali e ele olhou para mim e disse: "E então?". Dei de ombros respondendo que sim, e ele falou alguma coisa sobre me pegar no sábado às sete. Falei: "Tem certeza de que você pode ser visto em público comigo?", e ele não tinha falado que ia com a Kayla Lee? Ele respondeu que não tinha nada em comum com ela, não que ela fosse uma má pessoa nem nada, mas outro dia, na aula de Geometria II, ele viu duas garotas que ele nunca, nem em um milhão de anos, acharia que andavam juntas, e isso fez ele perceber que você nunca sabe quem podem ser seus amigos. Marc passou por nós e assobiou, e acho que Noah ficou com vergonha, e eu falei para o Marc calar a droga da boca antes que eu desse um soco nele, e Noah me beijou bem rápido na bochecha e foi embora. Corri para o meu quarto, e é aqui que estou escrevendo isto agora.

ELODIE

UM MAL NECESSÁRIO

Estou passando a sombra da Revlon
e Jenna está tentando me contar
sobre um baile ao qual ela foi quando tinha a minha idade
e é uma história realmente comprida
que envolve babados e
um aluno estrangeiro de intercâmbio chamado Karl.
Graças a Deus a campainha toca.
Abro a porta e lá está Tabitha.
Ok, tchau!, digo para Jenna.
Vamos nos vestir na casa da Tabitha.
Pego o braço de Tabitha e tento sair correndo,
mas Jenna diz: *O que é isso?*, apontando para o vestido vermelho
no braço de Tabitha.
É para a Elodie. Comprei na Betsey Johnson, diz Tabitha.
Não brinca!, digo. Não consigo acreditar.
Espera!, solta Jenna. *Tenho uma coisa perfeita para combinar com ele!*

Ela corre para o andar de cima
e Tabitha olha para mim. *Uau. Quanta energia.*
Dou de ombros. *Ela come muita couve.*

Jenna volta para o térreo com um colar de prata
e me entrega, toda orgulhosa.
Tem um pingente grande e reluzente
e é uma coisa que minha mãe jamais usaria,
mas, por outro lado, minha mãe não era muito estilosa.
Ah, eu adorei, diz Tabitha
enquanto Jenna o fecha no meu pescoço.
Ela me diz que eu estou linda
e talvez ela não esteja tão errada.
Ela tira uma foto nossa enquanto Tabitha e eu saímos,
para mostrar ao meu pai quando ele chegar mais tarde,
e, antes de sairmos, eu paro e digo:
Obrigada pelo colar,
e Jenna sorri, feliz de verdade,
até Tabitha acrescentar: *Não se preocupe.*
Apesar de ela ser ladra de loja,
vou garantir que ela devolva.

MOE

11 DE MAIO

Noah chegou exatamente às 18h50 para me pegar. Estava usando um terno preto com uma gravata azul. Não combinava muito com meu vestido roxo, mas tudo bem. Ele me deu um buquê de flores em vez de um corsage, o que é legal, porque ficar com um monte de flores no pulso a noite toda parece irritante. Comprei uma rosa vermelha para ele usar na lapela. Quando me viu, ele disse: "UAU. Você está linda". Parecia que eu não conseguia parar de sorrir, mesmo sendo por causa de uma tradição idiota. E minha tia nos fez posar para fotos; uma tonelada delas. Ela ficou dizendo que estava orgulhosa de mim. Tudo que eu sei é que a coroa tem uma paixão por tirar fotos, mas também sei que não vou me arrepender de ter uma ou duas lembranças.

TABITHA

CASA DA TABITHA

Passo com Elodie pela sala de estar, que parou de ser redecorada por enquanto. Minha mãe "colocou o projeto em suspenso". Mesmo assim, tudo parece perfeito. Há lírios sobre o console da lareira e na cozinha. Meu pai não gostava de flores por causa da alergia, mas agora que ele saiu de casa, elas estão por toda parte.

— Eu amo tanto a sua casa — Elodie suspira.

— Pode ser que a gente não fique aqui por muito tempo.

— Sério? — Ela está surpresa.

— Meus pais estão se divorciando.

— Uau. — Elodie analisa o meu rosto. — Você está bem?

— É — digo. — Estou. — E é sério. Exceto pelo fato de haver um vaso irritantemente gigantesco de dálias na bancada do banheiro que eu tenho de tirar da frente toda vez que escovo os dentes, tudo está exatamente como deveria estar.

...

Quando chegamos ao quarto, Elodie olha para as pilhas de roupas e os globos de neve e as molduras e os frascos de perfume no chão.

— Isso tudo é fruto de roubo?

Faço que sim com a cabeça.

— Vou me livrar de uma parte.

— Ah... tem muita coisa boa aqui — diz Elodie, segurando um casaco preto de inverno com colarinho de pele branca.

— Eu costumava fazer listas de quanto cada coisa custava e somava depois. Ver o total me deixava feliz. Agora só parecem números sem sentido. Sem falar que são porcarias das quais eu não preciso.

— Quer dizer que você não vai mais roubar? — Elodie me analisa.

Faço que sim com a cabeça.

— De acordo com Jeffrey, o juiz vai aceitar meu acordo; mas, se eu for pega de novo, o caso vai pra minha ficha.

Elodie para na frente do closet com o vestido vermelho, se admirando por completo. Ela não faz uma Cara de Espelho. Ela simplesmente é quem ela é.

Ela se vira e olha para mim.

— Mas tenho de admitir que eu não ia amar tanto esse vestido se ele não fosse roubado.

Dou a ela um par de argolas de prata.

— Já que você está usando um vestido roubado, acho bom completar o traje.

Elodie os pega com um sorriso.

— A limusine chegou! — grita minha mãe do andar de baixo.

— O quê?! — Elodie e eu nos entreolhamos, empolgadas.

— É uma limusine ecológica! — grita ela. — Funciona com milho!

Elodie ri.

— Sua mãe é incrível.

Faço que sim com a cabeça, concordando. Pegamos nossas coisas, passamos o gloss labial e vamos para o Baile da Primavera.

ELODIE

FLOR ARTIFICIAL

Antes eu me sentia uma flor artificial,
parada do lado de fora do banheiro,
mas agora sou apenas uma garota esperando uma amiga.
Rachelle passa por mim com Dustin Diaz
e me dá o maior olhar de pena do mundo.
Mas sua pena não tem mais espinhos
porque não se aplica exatamente.

Pelo canto do olho, vejo Marc
e alguns amigos dele entrando.
Ele não está muito arrumado,
mas de algum jeito ele conseguiu
ficar ainda mais lindo,
o que faz meu Eu Flor Artificial
querer fugir e se esconder,
porque é isso que as flores artificiais fazem.

Tento sumir do caminho dele,
mas é inútil.

Ele para bem na minha frente e diz:
Você está bonita.
Obrigada, respondo,
olhando nos seus olhos castanhos, castanhos.
Passo de um rododendro comum
para uma dália rosa-pink,
de uma flor artificial
para uma flor que está viva
no mundo
de novo.

TABITHA

VELHAS AMIGAS

Saio do reservado do banheiro e vejo Kayla na pia passando gloss labial. Eu quase fujo, mas depois percebo que isso me tornaria uma babaca.

— Oi, Kayla — aceno de um jeito desconfortável.

— Ah, oi — diz ela com cuidado.

Abro rapidamente a água, me preparando para sair daqui o mais rápido possível. Coloco sabonete na palma das mãos. É do tipo feito com grânulos arenosos que esfoliam as mãos. E você achava que o Baile da Primavera era um evento de alto nível.

— Ei, Tabitha, eu queria te perguntar uma coisa — diz Kayla, se aproximando de mim.

Eu sei o que está por vir, e não consigo lidar com isso. Levanto a mão.

— Não quero fofocar sobre Brady e Taryn e nem sobre mais ninguém. Se vai tentar se meter no meio disso, sinto muito, mas eu tenho de ir.

Eu me viro para sair, mas ela me impede. Ai, meu Deus. Isso vai ser constrangedor e horrível.

— Sério, Kayla...

— Não, eu só queria saber... — Ela diminui a voz. — Você tem um tampão?

— Um tampão? — Estou muito confusa.

— Acabei de ficar menstruada. Dá para acreditar nisso? De novo! Parece que eu sou assombrada pelo deus da menstruação ou sei lá o quê. — Ela passa a mão na frente do vestido. — E estou de roupa branca!

Não consigo evitar. Começo a rir. Ela parece magoada por um segundo.

— Não, desculpa! — digo. — É só que... você é engraçada.

— Não sou engraçada. Estou sangrando! — choraminga ela. — Como se não fosse ruim o suficiente o Noah ter decidido vir com outra pessoa na última hora. O Baile da Primavera é uma droga!

— Espera aqui — digo. — Vou encontrar alguma coisa.

Passo por Elodie, mas ela está tão ocupada conversando com Marc que nem nota. Quando passo por Keith Savage abraçado com Zoe Amato, ouço Zoe dizer:

— Por que a Tabitha está correndo de um lado pro outro?

— Talvez ela esteja se divertindo — responde Keith.

— Estou mesmo — grito por sobre o ombro. Eles me olham de um jeito esquisito, mas quem se importa? Vou direto para a srta. Hoberman, que está dançando nos bastidores ao som do cover bem desagradável de "Single Ladies (Put a Ring on It)". Sussurro meu pedido no ouvido da srta. Hoberman, e ela diz:

— Ah, é claro! — Ela se formou em educação para se preparar para coisas como essas.

— Ai, meu Deus, muito obrigada — digo enquanto ela vasculha a bolsa.

— Então, você já pensou em escrever pro blog da escola? — pergunta ela enquanto procura.

— Na verdade, não...

— Bem, você deveria. Precisamos de escritores talentosos para contribuir, mesmo que seja só uma ou duas vezes por semana. Pode ser bom para a inscrição na faculdade...

— Não sei. — Estou começando a ficar ansiosa. Por que não pedi um tampão a outra pessoa?

— Você pode até escrever com pseudônimo — sugere ela.

Penso por um segundo, depois percebo: por que não? O que eu tenho a perder? E, mais importante, o que eu tenho a esconder?

— Não, eu provavelmente poderia escrever com o meu nome mesmo — digo. — É. Eu podia fazer isso.

Ela fica radiante, depois anuncia: "Tã-dã!" e tira triunfante um tampão de algodão orgânico da bolsa. Pego da mão dela e volto correndo para o banheiro, onde encontro Kayla na pia, tentando dobrar uma pilha de toalhas de papel para caber na calcinha.

— Calma, calma, calma — digo. — Use isso. É livre de crueldade.

Ela arranca o tampão da minha mão, praticamente surtando de alívio.

— Ai, meu Deus, Tabs, obrigada! — diz ela, expirando e me abraçando. — Você salvou a minha vida.

— Por nada — digo com um sorriso.

Ela olha para mim.

— Eu queria te perguntar uma coisa.

— O quê?

— Você está a fim do Patrick Cushman, né?

Não respondo.

— Bem, só pra constar, eu acho que ele é muito legal. E estranhamente supergostoso — diz ela com um sorriso genuíno. — Você deveria ir em frente.

— Sério? — Estou chocada. E não me oponho totalmente.

Ela me mostra o polegar em um sinal de positivo e saio do banheiro, percebendo que, às vezes, tudo que é necessário para reunir velhas amigas — talvez não para sempre, mas pelo menos por uma noite — é um encontro casual, uma dose de conselho e um pedacinho de proteção feminina.

MOE

12 DE MAIO, 3H25

No início, o baile foi meio constrangedor, mas felizmente conseguimos uma mesa onde nós cinco podíamos nos sentar. É bizarro tentar conversar com todo mundo se comportando bem. Especialmente quando uma das pessoas é seu irmão. Mas aí, ele quebrou o gelo e contou uma história idiota sobre a vez, no primeiro ano, em que eu desloquei o cotovelo dele quando estávamos brigando, e isso fez todo mundo rir. Noah se aproximou e disse: "Isso é tão você", e acho que ele está certo. Mas agora, estar usando um vestido em um baile também sou eu. Quem disse que não se pode ser as duas coisas?

A melhor parte da noite foi quando o DJ anunciou que ia tocar uma música lenta "dedicada a Maureen pela Tabitha e pela Elodie". Fiquei com cara de ué. E aí a música começou a tocar: "Glory of Love", do Peter Cetera. Tabs e Elodie deram uma cotovelada em Noah, como se tivessem planejado aquilo. Noah pegou a minha mão e me levou para a pista de dança, que estava bem vazia, porque o corpo estudantil todo obviamente não entende a felicidade de uma música romântica brega. Começamos a dançar juntos, e eu falei para ele que essa era uma das músicas preferidas dos meus pais, e ele disse que isso era legal.

Tabitha ficou com Patrick Cushman. Não que eles tivessem virado um casal de repente ou algo assim, mas eles ficaram dando risadinhas como se estivessem a fim um do outro. Quanto a Marc e Elodie, no início, achei que seria nojento dançar ao lado do meu irmão e sua "namorada", mas ele manteve distância para não ficar esquisito. Além do mais, anotei seus passos de dança ridículos para poder zombar dele mais tarde. Tabitha, Elodie e eu começamos a cantar a letra da música, e algumas pessoas pareceram confusas, como se, pela primeira vez, eles é que não entendessem a piada.

Mais tarde, fizemos os passos do robô e do corredor, depois tudo acabou e fomos para casa. Noah me perguntou se eu queria parar para comer um hambúrguer. Por um segundo, achei que não ia querer comer na frente dele, depois percebi que morávamos lado a lado havia seis anos, então quem se importava? Além disso, eu estava morta de fome. Depois dos hambúrgueres, fomos para casa e ele me levou até a porta e me beijou com hálito de hambúrguer nos degraus da frente. Esperei uns dez minutos no meu quarto, pensando que ele provavelmente ia tentar entrar pela minha janela, mas aí ele me mandou uma mensagem de texto: BOA NOITE, TE VEJO AMANHÃ. Digitei OK em resposta e fiquei com muito medo de ele ter detestado a noite, mas ele escreveu: SAUDADE. CAFÉ JUNTOS? Isso quase me fez chorar, apesar de eu desejar que ele estivesse aqui agora para ficarmos juntos a noite toda. Mas estou muito cansada, então acho que dormir é uma boa ideia.
Beijos

ELODIE

NOVO E VELHO

Os anuários saíram hoje
e todo mundo está ocupado folheando as páginas
tentando se encontrar.

Estou aqui há nove meses
e agora sou mais velha do que nova.
Sou velha o suficiente para saber que Moe Truax
tem um ponto fraco pelo programa *Supergatas*.
Sou velha o suficiente para saber que Marc Truax
é tão bom em física quanto na bicicleta.
Sou velha o suficiente para saber que Tabitha Foster
não consegue contar uma piada nem para salvar a própria vida,
mas isso não a torna menos engraçada.
Sou nova o suficiente para só ter percebido recentemente
que as pessoas nunca deixam de te surpreender,
mesmo que sejam suas melhores amigas.

Quando saio pela porta da frente da escola,
vejo Tabitha e Moe me esperando no estacionamento.
Vamos levar o carro novo da Tabitha para o Roxy,
o Prius prata brilhante que o pai dela comprou
para se sentir melhor
em relação a finalmente fazer as malas e ir embora,
o carro que ela aceitou com um sorriso
e seguiu em frente,
porque ela é esperta o suficiente para saber que você não pode
obrigar as pessoas —
especialmente os seus pais —
a se tornarem o que você queria que elas fossem.

O sol começa a sair de trás das nuvens
e encontra o caminho até o cabelo de Tabitha
enquanto ela se senta atrás do volante.
É o tipo de cabelo que garotas como eu provavelmente
vão invejar para sempre, sejamos amigas ou inimigas.
Moe se senta no banco da frente, com os pés no painel,
balançando os dedos do pé,
que ela pintou de turquesa-neon
para parecerem cocozinhos azuis de Smurfs.

Os anuários saíram hoje
e todo mundo está ocupado folheando as páginas
tentando se encontrar.
Não preciso fazer isso.
Levei um minuto,
mas eu já sei
onde estou.

TABITHA

ACUMULADORES

— O programa *Acumuladores* ligou — me diz Moe. — Eles querem uma temporada inteira com você.

Ela está encarando admirada enquanto Elodie e eu descarregamos montes e montes de coisas do porta-malas do meu carro. Acabamos de parar na frente do abrigo feminino para desabrigados em Burnside. Decidimos pegar todas as coisas que já roubamos e doar para os sem-teto. OK, mentira. Não *tudo*. Talvez metade. Foi ideia da Elodie. Acho que ela queria mostrar ao Marc que não era uma pessoa má e que era uma boa influência sobre a irmã dele e tal. Anotado.

— Gostei disso — diz Elodie, segurando uma saia lápis cor-de-rosa. — Posso ficar com ela?

— Sinto muito — digo. — Doreen está de olho nela. — Aponto para uma senhora muito bonita e muito magra com uma crina maluca de cabelo castanho que está nos observando.

Arrastamos tudo até os degraus do abrigo, e Moe está certa. Com base nesse tanto de coisa, nós claramente devíamos ser ladras profissionais. Talvez esse tempo todo a gente devesse estar planejando um roubo a banco em vez de apenas roubar lojas. Ah, tudo bem. No próximo ano.

Elodie tem caixas cheias de livros, cachecóis, maquiagem e quinquilharias. Quanto a mim, tenho caixas e caixas de roupas. Eu até coloquei algumas bonecas e dois globos de neve só para constar. Achei que, se algumas das mulheres tiverem filhos, eles vão gostar disso.

— Oi, meninas, sou Natalie — diz uma mulher negra simpática que nos deixa entrar. — Shawn disse que vocês estavam vindo.

Olho para Elodie, surpresa.

— Você falou pra Shawn que a gente vinha?

Elodie dá de ombros.

— Achei que ela ia conhecer o melhor lugar para doar.

— Receber essa ligação provavelmente fez Shawn ganhar a vida toda, não só o dia — diz Moe, pegando uma boneca Gumby na minha caixa e levantando-a com um olhar intrigado. — Por que não fica com a Gumby?

Dou um tapa em Moe enquanto Natalie nos leva pela entrada do abrigo, que obviamente não é o lugar mais alegre do mundo, depois nos conduz até a área de estar principal. Ela aponta para onde devemos colocar nossas coisas, e imediatamente um grupo de mulheres mergulha nos produtos.

— Dolce & Gabbana? O q-quê? — diz uma mulher de seus vinte anos com um espaço entre os dentes, mostrando uma jaqueta para a amiga. Eu me encolho. Eu adoro aquela jaqueta. Me lembro de quando a roubei no Mario's e usei todos os dias naquele inverno. Eu queria poder ficar com ela. De repente, queria poder ficar com todas essas coisas.

Enquanto estou pensando isso, "Doreen" se aproxima, segurando a saia cor-de-rosa e uma blusa branca com punhos largos.

— Isso é Prada de verdade? — pergunta ela com vergonha.

— É — confirmo. — Bem, da estação passada.

Ela veste a blusa por cima da camiseta, que cai com comprimento perfeito nos quadris dela. E acentua sua clavícula. Então é *assim* que deveria ficar.

— Uau. Ficou muito melhor em você do que em mim — digo, genuinamente impressionada.

— Sério? — Ela fica radiante. — Eu nunca usei nada parecido.

— Bem, você está incrível.

Enquanto a observo se afastando com o novo traje, Moe tira uma foto minha com o celular.

— O programa *Acumuladores* ficaria tão orgulhoso.

Dou um soco nela, e Elodie ri. Bem nesse momento, Natalie se aproxima.

— Obrigada, meninas, por terem vindo.

— Claro — diz Elodie.

— Se vocês tiverem mais doações, sabem onde nos encontrar.

— Esperamos não ter mais nada — diz Elodie. — Estamos tentando nos recuperar.

Nós nos despedimos e saímos. É um dia de sol perfeito em Portland, o primeiro momento real de verão do ano. Em momentos como este, em que você é atingido pelo verde e pelo céu azul, você percebe que talvez aqueles meses todos de chuva realmente compensem. Enquanto desço os degraus com Moe e Elodie, fico feliz por termos doado as nossas coisas. Bugigangas roubadas te levam a lugares a que você nunca imaginou que iria, mas você acaba tendo que deixá-las para trás.

AGRADECIMENTOS

Agradeço a Gibran Perrone, pelo seu olhar afiado, sua inteligência aguçada e suas ideias absurdamente brilhantes.

Kate Sullivan, a editora com o melhor bolo. Sou a autora mais sortuda do planeta Terra por poder trabalhar com você. Você salvou a vida deste livro.

Steven Malk, porque, se todo escritor tivesse um representante como você, o mundo seria um lugar mais feliz.

Pam Garfinkel, por ler e reler e dar a este livro sua inteligência e seu cuidado.

Seth Jaret, você sabia que é o meu herói? Aham. É verdade.

Rushie Coughran, *merci beaucoup* pelo
seu conhecimento de Portland e por ser
constantemente impressionante.
Mel e Katie, por comprarem exemplares deste
livro e darem a todos os seus amigos e por
serem os melhores pais do mundo.
Gerry Huffman, pelo seu apoio exuberante
alimentado por Coca Zero nas madrugadas.
Jessica O'Toole, por ser a nerd obsessiva mais
legal que conheço.
Shannon Woodward, por dar vigor constante
ao menor e mais mal-humorado grupo de
escritores do mundo.
Lee Cohen, porque ninguém faz
melhor que você.

Ashley Kruythoff, por ser uma bolinha
humana de luz do sol.
Tracy e Mimi Underwood, pelos seus
conhecimentos geográficos.
Olivia Baird e todas as garotas de Chimacum,
por lerem este livro e a todos os bibliotecários
da cidade por apoiá-lo.
Sandie Amaya, por ser a melhor assistente
do mundo.
Alene Moroni, por ser uma bugiganga
sem a qual não sei viver.
Katy Perry, por todas as festas dançantes
que você inspirou.
Kurt Lustgarten, por ser o homem dos meus
sonhos adolescentes.

Primeira edição (maio/2019)
Papel de Capa Cartão Triplex 250g
Papel de Miolo BO Evory 65g
Tipografias Bebas Neue, Gobold e Sabon LT Std